NARRADORES
del
MUNDO

Alberto
Moravia

El hombre que mira

INTRODUCCIÓN
ANTONIO RABINAD

Círculo de Lectores

Título de la edición original: *L'uomo che guarda*
Traducción del italiano: Silvia Querini
Sobrecubierta: g + a disseny gràfic

Círculo de Lectores, S.A.
Valencia 344, 08009 Barcelona
1 3 5 7 9 8 8 0 3 8 6 4 2

Licencia editorial para Círculo de Lectores
por cortesía de Plaza & Janés Editores, S.A.

Depósito legal: B. 2520-1988
Fotocomposición: gama, s.a. Arístides Maillol, 3, 1.º 1.ª 08028 Barcelona
Impresión y encuadernación: Printer industria gráfica, s.a.
N. II, Cuatro caminos s / n, 08620 Sant Vicenç dels Horts
Barcelona, 1988. Printed in Spain
ISBN 84-226-2460-5
N.º 22681

INTRODUCCIÓN

«Escribe lo que veas», ordena el Apocalipsis de San Juan. Y Moravia ha cumplido la orden. Moravia es un hombre que ve, un hombre que mira. Su «voyeurismo» queda abrumadoramente demostrado a lo largo de casi cuarenta obras escritas en más de sesenta años de trabajo. Porque mirar vale decir especular, analizar. Ha tenido tiempo para ello: nacido en Roma el 28 de noviembre de 1907, en el seno de una familia burguesa, una dolorosa enfermedad le inmoviliza de niño en el lecho, primero en la casa paterna y luego en un sanatorio de Cortina d'Ampezzo especializado en tuberculosis ósea. Es un niño que no podrá seguir un curso completo en el colegio, que no podrá alternar ni jugar, un solitario que a los ocho años ya se cuenta historias a sí mismo y cuya única diversión, desde la cama, es observar: en directo, su entorno familiar y el universo concentracionario de la clínica, y, oblicuamente, a través de los libros, el mundo fabuloso pero no menos real de los gigantes del Novecientos; desde Flaubert, Zola y Maupassant al epígono Proust, pasando por los rusos. «La enfermedad ha sido el hecho más importante de mi vida», declarará. «El otro *hecho* importante ha sido el fascismo...» Y aclarando esa importancia: «Entre los diez y los veinte años fui víctima del tedio quizá en mayor medida que en todas las edades de mi existencia... Mi adolescencia transcurrió bajo la enseñanza negra del fascismo, o sea de un régimen político que elevó a sistema la incomunicabilidad tanto entre el dictador y las masas como entre los ciudadanos y entre éstos y el dictador. El tedio, que es la falta de relaciones con las cosas, estuvo durante todo el fascismo en el aire mismo que se respiraba; y a este tedio social es necesario añadir el tedio de la obtusa urgencia sexual...» Aquí tenemos dos de las constantes de Moravia: el sexo y la incomunicabilidad.

Si lee, pues, incansablemente y desde siempre, también empieza a escribir desde muy joven. Lo primero que hace es «inventarse» como personaje, repudiar su verdadero apellido, ese Pincherle de raíces judías, y firmar sus escritos con un nombre sacado de su manual de geografía. A los dieciocho años se traslada a un hotel de alta montaña, en Bolzano, y allí, mientras culmina el lento proceso de recuperación de la salud, escribe su primera novela, *Los indiferentes*, que publica en 1929. Y, de golpe, el recién nacido escritor se hace famoso.

Porque la novela, que describe la intimidad doméstica de una familia burguesa, prototipo de la sociedad romana en la que todos se ven, mal que les pese, retratados, tiene un éxito de escándalo. Moravia denuncia su mediocridad y corrupción, su cansancio vital, galvanizado sólo por el dinero; su falta de alegría, que sólo alcanza alacridad en el sexo. La hipocresía, en fin, de una moral convencional, si respetada en público vulnerada en privado, donde se guardan las «formas» y se pierde el sentido de lo auténtico. Los cuatro personajes de esa familia, que estérilmente gesticulan por las habitaciones de una casa sombría, tan deteriorada en su aspecto físico como en el plano moral sus habitantes, arrastrando su desolación, su lujuria y sus trapacerías, son gente que ha perdido la noción del bien y del mal, gente que ya no sabe el valor de las cosas pero sí el precio que puede pagarse por cada una, gente a la que asusta tanto el vivir como el morir: así Michèle, que disfraza su abulia de dignidad y de distanciamiento, su hermana Carla, tan insegura y débil como él, la madre Maria Grazia, pintarrajeada y estúpida, madura y libidinosa, y el embaucador y vulgar Leo, el hombre «duro» que arruinará a la madre y violará a la hija, por ser virgen y por ser hija de su amante. Mientras Michèle se pregunta con igual indiferencia –pero sin hacer al cabo nada, *¿para qué?*– si debe matar a Leo o felicitarle por su «conquista», Carla vomita (atención, es la náusea diez años antes que *La nausée* sartriana) sobre el hombre que la ha ensuciado física y moralmente: Moravia ha descrito lo que ha visto.

La descendencia de Los indiferentes

Es natural que un cuadro tan mordaz y despiadado para la época horrorice a público y a crítica, una parte de la cual, fascinada y aturdida por el lenguaje metódico y frío, objetivo, casi clínico, en contraste con la prosa exquisita y retórica en boga (D'Annunzio es el «héroe» del régimen, y no sólo por la ocupación de Fiume), con que es expuesto este anti-*Cuore* donde se debelan los valores tradicionales de la fe, el trabajo y la familia, aplaude al inesperado novelista que ha sabido encontrar el sendero de la novela existencial, determinista y psicológica; mientras otra parte de la misma le ataca violentamente por lo que es sin pretenderlo una sátira acerba, un retrato en negativo del «uomo nuovo» vital y optimista forjado por Mussolini, y pide su decapitación literaria retirando la novela (cosa que la censura hará más adelante con la peor novela de Moravia, *La mascarada)*, lo que hace que en pocos días se agoten los ejemplares. Ayuda eficaz que volverá a tener el escritor en 1952, cuando el Vaticano incluya todas sus obras en el Índice.

Y, sin embargo, la novela, tan genial como se quiera, es un pastiche. Moravia ha escrito una novela decimonónica y «rusa»: ahí está, junto al detallismo de Flaubert y la morosidad descriptiva y morbosa atmósfera de Proust, la omnipotente presencia de Schedrin y de Chejov, su desesperanza sin salida, el resplandor infernal de Dostoievski y la mortal lasitud que impregna la obra capital de Goncharov, *Oblomov*. Porque estos personajes de Moravia en realidad están enfermos de «oblomovchitis», esa suma de aburrimiento, desesperación e indiferencia que para abreviar se llama angustia; impulsados por el motor del sexo y el freudiano «instinto de muerte», corroídos por la pereza y el sin sentido de las cosas, buscan su autodestrucción en un mundo que se deshace en torno a ellos. Y a la vez, contradictoriamente, *Los indiferentes* es también la mejor novela de Moravia (muchos la consideran su «única» novela), aquella en la que ha dado lo mejor de sí mismo, y el banco de carpintero sobre el que construirá el resto de su obra.

En efecto, de los personajes más arriba citados parte una serie interminable de tipos que se irán repitiendo, en ambientes idénticos y en situaciones intercambiables, a lo largo de todo el corpus moraviano; especímenes una vez y otra dibujados con la misma maníaca insistencia, y mejor arte, con la que el pésimo pintor y óptimo amante, el físicamente picassiano Balestrieri, dibuja en *El tedio* a su modelo Cecilia, una reminiscente Carla-objeto, a pique siempre de caer en las redes del Leo de turno. Las madres en especial serán descritas de un modo obsesivo, en su doble vertiente de furor del sexo o de total ausencia del mismo (frigidez ocupada en ese caso por la pasión del dinero); y el intelectual y pasivo Michèle –el más entrañable personaje de Moravia y aquel a través del cual intenta más denodadamente, a fin de cuentas, resolver los problemas de su propia vida– se verá sucesivamente reproducido bajo los nombres de Dino o Riccardo, Francesco o Edoardo, con pequeñas variantes de «pintor abstracto» *(El tedio)*, «guionista cinematográfico» *(El amor conyugal)*, o «periodista» *(La atención)*, hasta llegar al mediocre «profesor de literatura» en su novela más reciente, *El hombre que mira.*

Un mundo, pues, de personajes compartidos y de puertas entreabiertas que permiten atisbar escenas reiterativas; un mundo eminentemente visual (es como si el escritor, colocado entre dos espejos correspondidos, viera su imagen duplicada al infinito), y por lo tanto exterior, lleno de convexidades y turgencias, donde la naturaleza es a veces tratada como mujer, y la mujer como naturaleza; un mundo cuya epidermis nos es descrita con imparcialidd y nitidez, con minuciosidad exasperante, rayana en la desfachatez, pero cuyo interior siempre aparece elusivo y ambiguo, siempre se nos escapa, acaso porque, como afirma Dino (*El tedio*, capítulo IX), antes de cubrir con billetes de diez mil liras el cuerpo desnudo de Cecilia, «las contradicciones constituyen el fondo móvil e imprevisible del alma humana».

Visto así podría éste parecer un mundo determinado y esquemático poblado de máscaras fijas, cada una atenta a su papel, como en la antigua «commedia dell'arte». Pero de esa alternancia de personajes, de esa continua interacción de unos en otros que a veces llega a causarnos una impresión de inestabilidad, una sensación de «dejà vu», o «dejà lu», se desprende justamente la idea de que no somos seres estancos, de que más allá o más al fondo fluye algo, se abre un subsuelo jungiano donde las raíces de todos se comunican y entrelazan, de que después de todo hay salvación, de que prevaleceremos. Esa idea, tan opuesta en principio a su visión desengañada y pesimista de las cosas y a su dolorosa percusión sobre el sexo, esa alegría oculta y transcendente, Moravia la ha expresado *malgré lui* mejor que nadie, en virtud de ese fenómeno de refracción literaria que hace decir al autor lo que no quiso.

La nueva burguesía y el móvil sexual

El período de posguerra convierte a Moravia, ya importante escritor italiano, en narrador de talla internacional en el marco de una Europa devastada que empieza a recuperarse y convertirse en modelo de sociedad consumista y tecnológica donde todos ya somos burgueses, con nuevas formas de alienación asumidas. Si *Agostino* (1945) es una pequeña obra maestra irrepetible, obras como *La romana* (1947), historia de la vida de una prostituta, *El desprecio* (1954) y *La campesina* (1957) consolidan su reputación. Moravia siempre es Moravia; pero su temática se ha ampliado, su prosa se ha modernizado. Ha leído, tardíamente, a Freud. En alguno de sus títulos mayores, *El tedio* (1960), *La tentación* (1966), o *La vida interior* (1978), que recuerda *L'inquisitoire*, de Pinget, encontraríamos ecos del estructuralismo y del «nouveau roman». Da igual; Moravia, como todos los grandes escritores, sigue escribiendo la misma novela, *su* novela. Su deseo es ver siempre más claro, comprender el porqué de las cosas, el eje en torno al cual giran los sucesos que hacen feliz o desgraciada a la gente. Ese eje –lo hemos visto ya– es el sexo. Y eso es lo que acaba siempre por pintar, con la mirada inserta entre las ingles femeninas: el oscuro triángulo pubiano donde convergen el enigma y el placer. No por azar el primer relato publicado por Moravia contenía, en su primera página, el esbozo anatómico de una «cortesana fatigada». Desde entonces los desnudos femeninos se han ido sucediendo sin cesar, formando una pinacoteca literaria única en el mundo, que Moravia llamaría sin duda «galería Balestrieri». (También las referencias pictóricas directas son continuas en su obra: Adriana, la prostituta romana, es la *Dánae* de Tiziano; la Beate de *1934*, la *Afrodita* de Botticelli, etcétera.) Pero visitemos un momento esa galería y detengámonos ante dos de sus lienzos, que podrían titularse *Mujer desprendiéndose de sus joyas ante el espejo,* y *Mujer a cuatro patas.*

El primero, casi un Renoir, es la madre de Agostino acechada por éste: «No estaba desnuda, como casi había esperado al asomarse, pero sí a medio vestir y dispuesta a quitarse ante el espejo el collar y los pendientes. Llevaba una combinación de gasa que no le llegaba más que a la mitad de los muslos. Más abajo de las redondeces desiguales y poco equilibradas de las nalgas, una más alta y como contraída y la otra más baja y como extendida e indolente, las piernas elegantes se afinaban, en una actitud perezosa, desde los muslos largos y fuertes, pasando por la pantorrilla, hasta la exigüidad del talón. Los brazos alzados para desprender el cierre del collar imprimían al torso un movimiento visible tras la transparencia de la gasa, por lo que el surco que dividía la generosa carne morena parecía confundirse y anularse en dos protuberancias diferentes, una inferior, bajo los riñones, y otra arriba, bajo la nuca. Las axilas se abrían en el aire como dos fauces de serpientes; y de ellas sobresalían, como lenguas negras y sutiles, unos largos y suaves pelos que parecían ávidos de extenderse sin la pesada y sudorosa opresión del brazo...»

El otro es la madre de Desideria *(la vida interior)*, sorprendida por la niña en plena orgía en la posición arriba indicada: «...un cuerpo ajado, desmontado, deshecho. Su cuello aparecía como macerado, con dos o tres collares de arrugas alrededor. Los pechos le colgaban semejantes a dos saquitos oscuros, desinflados y marchitos. El vientre era todo un reticulado de pliegues...».

¿No es éste un grabado de Durero, una alegoría de la muerte, del vicio y la corrupción, la lección de un moralista? Sería, pues, un error confundir a ese gran desmitificador del sexo con un autor pornográfico y quiosquero. Para Moravia la pornografía no es más que la representación inauténtica de la relación sexual. Y aquello a lo que aspiran sus personajes es precisamente a ser reales; es decir, a ser auténticos.

El hombre que mira, o todo el mundo es un voyeur

«Cuando un novelista describe a dos personajes en el momento de su acoplamiento, en realidad mira y hace que nosotros miremos por un imaginario ojo de la cerradura», dice Moravia en el capítulo II de su libro. O lo que es lo mismo: todos somos voyeuristas. Ahora bien, por una ley de simetría (y en seguida veremos que ésta es una novela «geométrica») a cada voyeur corresponde un exhibicionista. Moravia, que ha explorado en el curso de su obra todo tipo de relaciones humanas, o de la quiebra de esas relaciones, entre hijo y madre *(Agostino, La desobediencia)*, madre e hija

(La romana, La campesina), marido y mujer *(El amor conyugal, El desprecio, La atención)*, nos describe en *El hombre que mira* una relación padre-hijo.

Toda la historia, sencilla en apariencia, gira en torno a las dos posturas diferentes que para hacer el amor a la misma mujer adoptan marido y amante. Mientras aquél la sitúa encima de él y a horcajadas, formando con su figura yacente en el lecho un ángulo agudo, y poder así «espiar» su cara durante el coito (una cara espiritual e impávida, de Virgen bizantina, que no se descompone ni en el momento del orgasmo), el otro, el amante innominado, la coloca en posición diametralmente opuesta, es decir, mirando hacia atrás, y formando con él un ángulo obtuso. Alrededor de esas dos posiciones, a) posición de la Virgen bizantina y b) posición de la «marrana», se enhebra toda la trama: Edoardo (Dodo para sus amigos) vive con su padre en un espacioso piso aristocrático de la vieja Roma. Ambos son profesores universitarios: uno, de física; de literatura francesa, el otro. A partir de esa similitud, son antagónicos. Cada uno vive encastillado en un extremo del piso, separados por un largo y sombrío pasillo que, en la simbología moraviana, representa el inconsciente: a un lado el padre, con su soledad; al otro, el hijo, con su esposa Silvia. El padre, una celebridad; el hijo un desconocido. Integrado en el *establishment* y rico el padre; contestatario y deliberadamente pobre el hijo: ha rechazado el piso que, en el mismo edificio, le dejara en herencia la madre. Y ahí empiezan los problemas: un accidente ha sepultado en cama al padre, y roto aparentemente las relaciones de frialdad preestablecidas. El hijo (en suma, un buen hijo) le entra cada mañana el desayuno, los periódicos, y le vacía el orinal.

A esa ruptura de lo cotidiano se añade para Dodo otra más grave: su mujer lo ha abandonado. Sin violencia, sin drama: sólo para «reflexionar» (dice), y eso no puede hacerlo en *esta* casa. ¿Por qué? A esa pregunta obsesiva añade Dodo su obsesión particular: pensar cada mañana en el fin del mundo. Una obsesión de tipo alucinatorio, pues, paseando a lo largo del Tíber, invariablemente ve asomar y expandirse por el cielo, detrás de la cúpula de San Pedro, la temible seta atómica. ¿Le ocurre lo mismo en otros órdenes? ¿Ve lo que no existe? Hábilmente interrogada, su mujer le confiesa tener un amante; nada, un capricho, todo volverá a su cauce. Ella sólo quiere a Dodo, afirma con la misma obstinación con que niega la identidad de su rival, al que desea dejar y no puede, por su manera de hacer el amor, nueva e irresistible para ella. Pero Dodo debe averiguarlo, porque sólo así podrá probar sus sentimientos y saber si quiere de verdad a su mujer. Y, en una pesquisa policíaco-psicológica, ordena indicios y rastrea pistas conducentes al descubrimiento del amante.

Paralelamente a las entrevistas con Silvia, tiene cautos diálogos con su padre, en realidad monólogos que ahondan más el vacío entre ambos. Dodo experimenta hacia su padre un sentimiento mixto de admiración y repugnancia. En realidad le ha perdido el respeto ya de antiguo, siendo un niño de ocho años, al sorprenderle –¡siempre esas famosas puertas entornadas que dejan ver lo que no debe mirarse!– haciendo el amor con su madre en una postura subyacente que el niño interpreta como un castigo infligido a la madre: de hecho, hacen el amor *more ferarum*, es decir, como lo hacen los animales. Dodo cree haber olvidado ese recuerdo, pero en el desván o «pasillo» de la memoria todo queda, y es ahora, al iniciarse el capítulo VIII (que contiene la analepsis o *flash back* prodigioso que por sí solo bastaría para situar el libro en primer rango) cuando Dodo, observando a su padre dormido, experimenta la tentación de abofetearle, impulso que, al ser analizado, hará surgir en la mente del adulto el recuerdo de otra bofetada, dada con su débil manita de niño a su padre, y arrastrará desde la zona oscura –como en un fotograma surrealista de Buñuel– algo monstruoso, un pesado y oscuro escritorio y la pareja cohabitando contra el mismo. Luego viene una conversación entre hijo y padre, modelo de ambigüedad y reticencia, en la que no llega a quedar claro si están hablando de la misma mujer –aunque las sospechas de Dodo son gravísimas– cuando el anciano cuenta sus batallitas eróticas («esas benditas muchachas que vienen a ver al viejo profesor enfermo tienen un valor de mil demonios; incluso son capaces de subirse a la cama con las faldas arremangadas»), o incluso si éstas no son más que chocheces seniles.

Será a través de la negra Pascasie y su mensaje sibilino («el hijo nunca posee la verdad, sólo el padre la posee») como Dodo descubra que las verdades son muchas, todas ellas equivalentes, compatibles; y descubra también que sólo el perdón, la comprensión, en suma sólo el amor, nos hace vivientes y humanos. Dicho de otro modo, y con palabras del mismo autor que encabeza estas líneas: «Quien no ama, ya está muerto.»

ANTONIO RABINAD
La isla, diciembre de 1987

Bibliografía de Alberto Moravia

1929 *Gli indiferenti* (Los indiferentes)
1935 *La bella vita* (La bella vida)
1935 *Le ambizioni sbagliate* (Las ambiciones defraudadas)
1937 *L'imbroglio* (El engaño)
1940 *I sogni del pigro* (Los sueños del haragán)
1941 *La mascherata* (La mascarada)
1943 *L'amante infelice* (El amante desgraciado)
1944 *L'epidemia* (La epidemia)
1945 *Due cortigiane* (Dos cortesanas)
1945 *Agostino* (Agostino)
1947 *La romana* (La romana)
1948 *La disubbidienza* (La desobediencia)
1949 *L'amore coniugale* (El amor conyugal)
1951 *Il conformista* (El conformista)
1952 *I racconti* (Cuentos)
1954 *Racconti romani* (Cuentos romanos)
1954 *Il disprezzo* (El desprecio)
1957 *La ciociara* (La campesina)
1959 *Nuovi racconti romani* (Nuevos cuentos romanos)
1960 *La noia* (El tedio)
1962 *L'automa* (El autómata)
1966 *L'attenzione* (La atención)
1972 *Io e Lui* (Yo y él)
1973 *Un'altra vita* (Otra vida)
1976 *¡Boh!*
1978 *La vita interiore* (La vida interior)

1982 *1934*
1983 *La cosa e altri racconti* (La cosa y otros relatos)
1985 *L'uomo che guarda* (El hombre que mira)

Teatro

1965 *Beatrice Cenci* (Beatriz Cenci)
1966 *Il mondo è quello che è* (El mundo es lo que es)
1969 *La vita è gioco* (La vida es juego)

A. R.

EL HOMBRE QUE MIRA

I

UN DÍA CUALQUIERA DE MI VIDA A MODO DE PRÓLOGO

Las seis y media. Nunca duermo más de seis horas por noche, muy poco, la verdad, y en cuanto me despierto dedico cinco o diez minutos a esa rara ocupación que suele denominarse pensamiento. ¿En qué pienso? Dicho así, incluso podría parecer ridículo: pienso en el fin del mundo: No sé cuándo ni de qué modo me acostumbré a ello; es probable que esta nueva afición surgiera hace poco, a raíz de la lectura de uno de los muchos libros sobre la guerra nuclear, encontrado por casualidad encima de la mesa de trabajo de mi padre, profesor de física en la Universidad. Podría también darse el caso de que lo hiciera por otro motivo, surgido quién sabe de dónde, y desaparecido luego de mi memoria, como desaparece la semilla cuando la planta crece. Por otra parte, es impropio decir que piense en la guerra nuclear; en todo caso pienso en la imposibilidad de pensar en ello, pero está fuera de duda que los primeros cinco o diez minutos de la mañana están dedicados al asunto en cuestión.

Debo también decir que esos pocos minutos al comienzo de la mañana en que pienso en la bomba son quizás el único momento del día en que me dedico a pensar de verdad, es decir, de forma abstracta, y eso porque a mí la vida me entra sobre todo por los ojos, y aquellos diez minutos son justamente los únicos en que me encuentro en condiciones favorables para pensar: a oscuras, sin hacer nada, y sobre todo sin mirar nada. El resto del día siempre estoy haciendo y viendo algo, lo cual me impide meditar. Pero si alguien cree que unos pocos minutos de reflexión diaria no son suficientes, les diré que la idea del fin del mundo se ha vuelto pronto obsesiva. Es cierto que durante el día me olvido, pero en cuanto me despierto, al cabo de veinticuatro horas, descubro sorprendido que sigue allí, inalterable, omnipresente y sobre todo impensable.

Las siete. Me levanto procurando no despertar a Silvia, que duerme a mi lado. Camino desnudo y descalzo (no sé por qué, nunca he llevado pijama, bata o zapatillas; quizá sea por inconsciente polémica contra el hedonismo burgués) hasta llegar al estrecho y asimétrico cuarto de baño que mi padre hizo construir para mi esposa y para mí en un rincón de su amplia vivienda. No hay bañera; sólo una ducha allí donde el techo oblicuo resulta más bajo, de manera que Silvia, al ser más pequeña, se moja sin necesidad de doblar la cabeza y yo en cambio tengo que agacharme.

Tras la ducha, limpio como de costumbre el cristal empañado de la pequeña ventana y miro al patio, más allá de las paredes rectas y desnudas, hacia el cielo, para saber qué tiempo hace. Luego me pongo delante del espejo del lavabo para afeitarme.

Surge entonces la cuestión de la barba: ¿tengo o no que afeitarme? Mi barba es tupida y dura, difícil de afeitar. Además soy perezoso y descuidado, así que acabo afeitándome día sí, día no. Mientras intento resolver la duda del afeitado, aprovecho para mirarme: mi figura me intriga como si fuese la de otro.

Soy un hombre atractivo de unos treinta y cinco años, aunque no soy guapo, y la diferencia es importante. Mi rostro presenta rasgos viriles y débiles a la vez: los ojos son claros, la mirada escrutadora y a menudo irónica, y sin embargo las cejas, vueltas para abajo, resultan poco enérgicas; la nariz es recta y firme, pero con las aletas fruncidas como en un gesto de asco. Tengo dentadura blanca y afilada de lobo pero labios carnosos y blandos; cabellos negros y brillantes, aunque ya ralos en la frente y en las sienes; la barbilla podría parecer imperiosa en principio, pero se repliega hacia dentro formando un pequeño hoyuelo en el centro. ¿Qué más? Quisiera ver también el resto de mi persona, pero las dimensiones del espejo me lo impiden; mientras no cambie de casa, por la mañana me tendré que resignar con estudiarme tan sólo la cara.

Sin embargo, el resto de mi persona puedo verlo poco después de haberme vestido, cuando paso por el recibidor y me miro de reojo en el antiguo espejo oscuro y rayado que está encima de la consola. Me reconozco, entonces, molesto y satisfecho al mismo tiempo, como ese peculiar personaje que suele denominarse intelectual. Sí, soy un intelectual y se nota al instante, aunque sólo fuera por mi forma de vestir, de la misma manera que en la Edad Media se reconocía al clero por las prendas. Camisa azul, corbata negra, jersey azul marino o marrón, americana de pana verde o beige con coderas de piel, tejanos o pantalones de paño gris, calzado deportivo de ante oscuro. Sin embargo, el elemento revelador de mi condición de intelectual es desde luego el aspecto ajado y trasnochado de estas prendas: el cuero de las coderas brilla, la camisa está raída, la corbata es vieja y arrugada, y los pantalones ya no llevan raya. Por otra parte, a excepción de este, llamémosle, «dos piezas», sólo dispongo de un traje azul marino para las grandes ocasiones: una celebración importante, una reunión oficial, una recepción, etc., etc.

Siete y media. Apenas vestido, bajo hasta una callejuela de la vieja Roma donde está situado el inmueble en el que vivo, y voy al quiosco de la esquina a recoger los periódicos para mi padre. Desde que sufrió el grave accidente que le obliga a guardar cama desde hace ya tres meses, me ocupo de ésta y de otras pequeñas tareas que «antes» nunca me hubiera propuesto desempeñar. ¿Por qué pongo entre comillas el «antes»? Porque el día del accidente de alguna manera descubrí que, además de ser intelectual, era también hijo.

Pero ¿es que «antes» no lo era? Pues sí y no. Oficialmente lo era, mas para mis adentros creía y deseaba que mi padre fuera para mí un ser completamente ajeno. ¿Por qué entonces este cambio? A decir verdad, fue gracias a una mirada, una única mirada que mi padre me dirigió al subir la escalera el día del accidente.

Aquella mañana, como de costumbre, el decrépito ascensor de nuestro edificio estaba estropeado, así que empecé a bajar andando por la escalera oscura y solemne, con sus escalones bajos de brillante mármol y los anchos rellanos adornados con bustos de personajes de la antigüedad. Y he aquí que, en el último tramo de escalera, me encontré con un insólito grupo, compuesto por dos hombres que llevaban una camilla donde yacía un individuo. Me hice a un lado, pues aún no había reconocido a mi padre. Sin embargo, en cuanto estuve cerca de la camilla oí que me llamaban, y entonces comprendí que era él el hombre de la camilla. Tendido boca arriba, con una manta que lo cubría hasta la barbilla, su magnífico pelo cano revuelto y el rostro, normalmente colorado, de una palidez extrema, me miró como para asegurarse de que le había reconocido, y luego esbozó una ligera sonrisa diciendo: «No es nada; sólo un simple accidente de coche. Aún he quedado bien parado.» Los camilleros, que al oír que me llamaba se habían detenido, empezaron de nuevo a subir y yo, sin decir una sola palabra, me di la vuelta y subí tras ellos.

Ahora supongo querrán ustedes saber cómo fue aquella mirada que determinó el cambio en la relación con mi padre. Bien, pues no fue ya una mirada de padre a hijo, sino la de un hombre angustiado a otro hombre. Curiosa contradicción: esa mirada de hombre a hombre hizo que yo empezara en aquel momento a comportarme con él como un hijo.

Subo al piso y voy a la cocina, una vieja cocina de la posguerra: dos aparadores pintados de blanco y completamente descascarillados, un complicado e imponente fogón, una gran mesa con plancha de mármol, unas sillas de enea y una enorme y flamante nevera que campea entre un cúmulo de enseres anticuados. La cocina siempre está en penumbra porque sólo recibe luz por un angosto ventanuco que da al patio. Enciendo la luz y me dispongo a preparar el desayuno para mi padre.

Desde luego, podría hacerle esperar todavía media hora; a las ocho aparecería Rita, la anciana enfermera que duerme en un cuarto contiguo al de mi padre. También podría pedir que se adelantara la mujer de la limpieza, que llega a las diez para ocuparse de la casa y del almuerzo y se va por la noche tras haber preparado la cena. Sin embargo, de cara a esa nueva y extraña relación con mi padre, es importante el hecho de haber convenido tácitamente ya desde un principio que sería yo quien le prepararía su desayuno, remarcando así, precisamente, el cambio provocado por el accidente. Así, corto, con gran cuidado, algunas rebanadas de pan y las introduzco en el tostador, pongo el café en el fuego, distribuyo en la bandeja la taza, la leche, la mantequilla, la miel y el vasito de yogur y ¿qué más? Ah, sí, la servilleta de papel que casi siempre olvido. Mientras el pan se tuesta y el café hierve, me siento en la mesa y le echo un vistazo a los periódicos. Al final empieza a difundirse por la cocina el olor a pan quemado y el café rebosa: me levanto de un brinco, apago el gas, pongo el pan en un platito, coloco los dos periódicos a un lado de la bandeja, la agarro con las dos manos y salgo. Mientras ando despacio cuidando de no desequilibrar la bandeja, por el estrecho y tortuoso pasillo cubierto de estanterías que une la cocina y mis dos habitaciones con el otro extremo del piso donde vive mi padre; mientras, en pocas palabras, hago de camarero, vuelvo a repetirme que eso de llevarle el desayuno a mi padre es una de aquellas cosas que antes del accidente no habría hecho por nada del mundo, teniendo en cuenta además que lo hago sin quejarme; antes al contrario, es la mía una peculiar actitud de devoción filial, acaso demasiado escrupulosa para ser realmente sincera.

Encuentro a mi padre ya despierto, sentado en la cama con dos almohadas de apoyo y el pijama puesto; se arregla el pelo con la ayuda de un peine y un espejo que siempre tiene a mano. La enfermera se ocupará del aseo completo después del desayuno, pero mientras tanto él procura que nadie le vea con el cabello revuelto.

Mi padre quiso que la enfermera se instalara en su dormitorio relativamente pequeño, y que su cama se colocase en el estudio, mucho más amplio, entre las dos ventanas; tras haberse peinado, dirige la mirada allí para ver qué pasa o, mejor dicho, qué no pasa en los tejados de Roma. Yo insinúo:

–Buenos días, ¿qué tal?

–Regular –contesta él, sin darse la vuelta. Luego, al poco rato se gira y apunta hacia abajo con la mano, añadiendo–: Por favor.

Comprendo; dejo la bandeja encima de la mesa de ruedas, y la empujo hasta colocarla a la altura de su pecho; luego me agacho y agarro debajo de la cama ese recipiente de cristal con forma vagamente de pájaro que se llama perico, lleno ya de orina, con el líquido a veces aún tibio; lo agarro, decía, con cierta prevención, y voy al baño para vaciarlo. Cada vez que llevo a cabo esta tarea, que nadie me ha impuesto y que sin embargo no quisiera dejar en manos de otro, se me ocurre mirarme en el espejo del lavabo, y observo en mi rostro una expresión... compungida. Me pregunto entonces si mi intención, aunque inconsciente, no sea acaso la de castigarme, de expiar. Pero ¿por qué castigarme?, ¿expiar qué?

Vuelvo del baño con el perico bien aclarado, y lo coloco otra vez debajo de la cama para que mi padre lo tenga a mano. Luego me siento en una butaca frente a él. Nunca desayunamos juntos; tengo la costumbre algo absurda de comer más tarde, en el bar de abajo, de manera que mientras él desayuna, yo le miro. Lo hago con particular atención, como si observando su rostro, pudiera comprender la razón última de mi cambio de actitud para con él.

Mi padre, al contrario que yo, es un hombre apuesto pero no resulta un tipo atractivo. Quiero decir con eso que tiene una cabeza hermosa pero le falta estatura y tampoco tiene ese aire vagamente atlético que a mí me viene de ser alto y ancho de hombros. El cabello plateado y juvenilmente ondulado enmarca un rostro colorado de cejas negras como el carbón. La nariz es aguileña e imperiosa, la boca muy fiera y sensual y en sus ojos claros brilla una luz fija que casi impone.

Personalmente creo que la hermosura de mi padre de alguna forma tiene algo que ver con su categoría profesional. Es la hermosura de un príncipe de la cátedra, de un hombre de ciencia conocido y consagrado; una belleza, por así decirlo, irremediablemente académica. ¿Por qué digo lo de «irremediablemente»? Porque mi relación con él se vio siempre, y así es, irremediablemente perjudicada por esta peculiaridad suya. Ya desde niño, cada vez que me acercaba a él con afecto, sentía que en cierto momento la dignidad profesional se alzaba entre nosotros como un cristal transparente y sin embargo infrangible, que daba paso a la admiración quizá, pero que me impedía quererle. Por aquel entonces no lograba comprender el motivo de esta imposibilidad de comunicación afectiva, y acababa creyendo que la culpa estaba en mi timidez. Más tarde, en mis años de adolescente, culpé a mi padre por la incapacidad de salirse de su papel social, y poco a poco casi llegué a odiarle. Sin embargo, nunca estuve del todo convencido de que, al contrario, la culpa no fuera mía, al menos en parte. Pero ¿por qué? ¿Qué había de equivocado en mi actitud? Me lo pregunto cada mañana mientras le observo a la hora del desayuno, y no consigo dar con la respuesta.

Mi padre acaba de vaciar el vasito de yogur. Ahora se sirve el café con leche, unta el pan con mantequilla y extiende un velo de miel. Incluso estos gestos que acompañan la comida hace tiempo me irritaban; ahora, en nuestra nueva relación, no puedo por menos de notar que mi padre, haga lo que haga, se controla a la perfección. Come con mesura, aparentemente sin ganas; cuando me habla también lo hace de forma comedida, y el tono de su voz, dulce y benigno, no deja de ser sutilmente autoritario. Habla conmigo del tiempo, de la película que vi anoche con Silvia, del lugar donde cenamos y de otras cosas parecidas, pero yo diría que lo hace por educación, sin mostrar interés o, mejor dicho, con un interés que él procura teñir de formalidad e indiferencia. Al final calla, como si ya hubiera cumplido con su deber, y sigue comiendo con los ojos puestos en la ventana; entonces yo cojo un periódico y me pongo a leer. Siento la necesidad de tomar un café, de comer algo, pero, aún con el amargo sabor del despertar en la boca, me empeño en quedarme con él hasta que, terminado ya el desayuno, entra puntualmente el fisioterapeuta.

Éste es un tipo bajito, completamente calvo y bigotudo, que parece querer compensar la falta de pelo con el espesor del bigote. Lleva una maletita negra con fuelle, de prestidigitador.

Para empezar se quita la americana; queda así en mangas de camisa y tirantes, igual que uno de esos actores cómicos del cine mudo de los años veinte. Habla mucho, pero siempre dentro de los límites de una profesionalidad convencionalmente optimista y afectuosa. Por su parte, mi padre acoge muy bien esta cordialidad de oficio, ya que parece considerar que ésta es la forma correcta y habitual de demostrar la propia dependencia.

El fisioterapeuta, en tanto se prepara para dar el masaje a mi padre, exclama en tono alegre y falso a la vez:

–Muy pronto, le veremos a usted en la calle, profesor; y entonces, ¡a vivir!

–¿Vivir a los setenta, Osvaldo? En todo caso, seguir viviendo con la vejez a cuestas –contesta mi padre, a su vez cordial e hipócrita.

El fisioterapeuta hace a un lado las mantas, y el cuerpo de mi padre aparece tendido y rígido sobre la sábana arrugada. Él suelta la cinta del pantalón del pijama, y el fisioterapeuta acude rápido para bajar la prenda hasta los tobillos. En el accidente mi padre sufrió fractura de fémur, y el profesional ejercita su arte sobre los músculos de la parte superior de la pierna.

¡Ay, qué diferencia entre la cabeza y el cuerpo de mi padre! El vientre, de piel demasiado blanca y una vellosidad en exceso negra, se ve a ratos hinchado, más arriba que abajo; los muslos, de tan flacos y pálidos, parecen no tener músculos y, al haberse quedado con las piernas tan delgadas, las rodillas y los pies resultan demasiado grandes. Sin embargo, en la blanca luz del ventoso cielo de primavera, el miembro, apoyado en el espeso pelo púbico sobre los testículos gruesos y prominentes, desmiente el aspecto senil del cuerpo. Para empezar, es de un color distinto, más oscuro, como si mi padre hubiese tomado el sol únicamente en esa parte; y además es de un grosor extraordinario, igual que si estuviese en permanente estado de semierección.

De niño ya me habían impresionado las dimensiones de ese miembro que se adivinaba por el bulto cilíndrico bajo el pantalón. Luego, no sé por qué, no pude dejar de establecer una relación significativa, aunque poco clara, entre la voluminosidad del miembro y esa belleza de mi padre que yo llamo académica. ¿Por qué? ¿Qué tenía que ver la dignidad del profesor con el vigor sexual del hombre? Y además, ¿por qué ahora no puedo apartar la vista del miembro paterno, observándolo al igual que antes hacía con el rostro, como si tratara de hallar en él el motivo del cambio producido tras el accidente?

Voy dándole vueltas a estas ideas sin sacar nada en claro, mientras el fisioterapeuta, sin dejar de charlar con fría jocosidad, se sienta a un lado de la cama e inicia el masaje eléctrico en el muslo de mi padre. De repente se me ocurre un pensamiento extraño; me pregunto qué pasaría si el fisioterapeuta que tanto se acerca al miembro con ese instrumento parecido a un vibrador, lo rozase una y otra vez. ¿No se despertaría del todo, entonces, ese miembro de aspecto socarrón y medio adormilado? ¿No se erguiría acaso, rígido y tieso, haciendo caso omiso de la voluntad de mi padre? Esta reflexión absurda e irreverente me hace comprender que ha llegado el momento de irme. Me levanto, saludo a los dos hombres y salgo de prisa.

Las nueve. ¿Por qué por la mañana voy a tomar el café al

bar de abajo en vez de sentarme a la mesa del comedor con mi padre? Pienso en ello todos los días al salir de casa, pues tengo la tentación de acabar de una vez por todas con este hábito contestatario, el único que me queda aún de aquellos tiempos en que había tomado la decisión, un tanto absurda de seguir viviendo en casa de mi padre mas sin compartir nada con él, sin verle siquiera.

De aquel período, que debería llamar heroico, sólo permanece el puntilloso rechazo del desayuno, como en el cuerpo de la ballena queda el apéndice fósil que en la era prehistórica le servía para arrastrarse por tierra firme. Voy diciéndome que debería tomar el café en casa, con él, sobre todo teniendo en cuenta que tenemos el mismo horario, pero acabo desistiendo por un montón de razones que tampoco están demasiado claras. Principalmente porque para mí eso equivaldría casi a una derrota o, mejor dicho, a la aceptación de una derrota. En cuanto a lo que él pueda pensar del asunto, no estoy para nada convencido de que se haya percatado de este gesto mío de rechazo, y eso me humilla: ¡tantas vueltas al mismo tema para inspirar sólo indiferencia!

Las nueve y media. Salgo del bar donde me he tomado la pasta y el café, bajo la mirada perpleja del camarero que sin duda se pregunta por qué no desayuno en casa; voy hacia nuestro edificio y entro en el patio donde suelo aparcar mi maltrecho utilitario. Antes del accidente, a menudo coincidía con mi padre que entonces salía del otro lado del patio con su gran Mercedes, y no podía por menos de sentir esa sensación de malestar que sufre uno al ver la propia imagen de repente reflejada en un espejo imprevisto y deformante. Él, profesor universitario de física; yo, profesor universitario de literatura francesa. Él, famoso; yo, desconocido. Él, contento de su condición; yo, no. Él perfectamente integrado y yo prácticamente marginado. Él era para mí un espejo conminatorio en el que yo me miraba con la esperanza de no encontrar parecido alguno y el temor de descubrir en cambio algún rasgo en común. Pero ¿por qué esa esperanza y ese temor? ¿No éramos acaso dos personas completamente distintas? ¿Y por qué además, ahora que el coche de mi padre ya no está aparcado en el patio al lado del mío, sufro casi un sentimiento de vacío y de desequilibrio? ¿Es posible que yo exista sólo en tanto que él existe?

De todas formas, el hecho de ejercer la misma profesión siempre me ha inspirado no sé qué sentido del ridículo, como si se tratara de una curiosa coincidencia cuyo significado no acabo de entender. Antes del accidente, sentado a la mesa frente a él a la hora de nuestros almuerzos casi siempre monótonos y silenciosos, se me ocurría imaginar conversaciones de este tipo: «Profesor, yo odio la física.» «Profesor, yo odio la literatura francesa.» «Profesor, no me gustas nada: eres un burgués, un príncipe de la cátedra, un hombre del *establishment.*» «Y tú, querido profesor, has fracasado en la lucha estudiantil, y eres un don nadie en la enseñanza y en la vida.» Pues sí, ¡resulta difícil convivir con el propio padre!

Lo que está muy claro es que yo he fracasado en mi trabajo de profesor. Para empezar, no me gusta dar clases aunque enseñe literatura francesa, un tema que conozco a fondo y con el que disfruto. No me gusta enseñar porque me canso –hay profesores que logran no cansarse jamás, pues convierten la clase en una rutina, pero yo no lo he conseguido– y además porque, mientras hablo desde la cátedra, no puedo por menos de pensar que mis alumnos no comprenden nada de lo que voy explicando, y que además no les importa en absoluto comprender. Pero hay otro motivo más insólito por el que no me gusta enseñar: durante la clase a menudo no puedo controlar mi entusiasmo por uno u otro autor de los que estoy hablando. Olvido entonces que estoy delante de los alumnos –las «bestias», como suelo llamarlos para mis adentros cuando estoy de mal humor– y me entretengo en divagaciones e interpretaciones de las que luego, en los momentos de lucidez, me arrepiento y avergüenzo, como si hubiera abierto mi corazón a un público indigno. Pero, ya lo he dicho, no soy un hombre rutinario, así que las horas que paso dando clase son un continuo y molesto vaivén entre el aburrimiento, cuando me limito a la información, y la rabia por haberme abandonado a las divagaciones.

La una. Vuelta a casa después de la Universidad. Desde que mi padre sufrió el accidente, almuerzo con él en una pequeña mesa junto a la cama. Él come sentado en la cama, con la espalda apoyada en dos almohadas y el plato junto a los cubiertos encima de la mesa de ruedas. Naturalmente Silvia almuerza con nosotros. Digo «naturalmente» porque, a decir verdad, para Silvia el hecho de comer con mi padre no resulta de lo más natural. No le quiere, y sé muy bien que si pudiera se ahorraría de buena gana este mal trago. Por cierto, tengo mis dudas sobre su antipatía hacia mi padre. Desde luego no tiene los mismos motivos que yo para enfrentarse a él: Silvia nunca tuvo nada que ver con la protesta estudiantil; al contrario, creo que en el fondo le gusta que mi padre sea un príncipe de la cátedra. No, mi padre no le inspira simpatía por una razón de la cual él no tiene la culpa: es por la cuestión del piso. Cuando nos casamos, tuve que hacer frente a un dilema imprevisto y de algún modo fatal. Mi madre, muerta cuando yo era niño, me había legado una gran vivienda en el tercer piso del mismo inmueble donde vivíamos mi padre y yo. En mis años de protesta juvenil, impulsado por no sé qué voluntad de polémico desprendimiento, comuniqué a mi padre que no me interesaba en absoluto la herencia, que se quedara él con el piso, pues yo no quería posesiones. Esta renuncia estaba en contradicción con el hecho de que yo siempre había vivido y seguía viviendo en la casa de mi padre, lo cual significa que, no obstante mis ilusiones contestatarias, siempre me resultó más fácil renunciar a algo que no tenía antes que desprenderme de lo que ya daba por mío. En aquella ocasión, mi padre obró de acuerdo con su temperamento: acogió mi denuncia con su peculiar benevolencia autoritaria, ya que sabía muy bien, aunque no lo diera a entender, que mi único propósito era el de contestarle.

–De acuerdo, lo que tú digas –comentó–; sin embargo,

como más adelante podrías arrepentirte, mejor será que no legalicemos nada por el momento. Tú renuncias a la propiedad y yo, por mi parte, continúo administrándola en tu nombre.

–Pues yo no quiero nada.

–Ahora te parece bien así, pero el día de mañana podrías cambiar de opinión.

–No creo que vaya a cambiar de opinión.

–Ahora no, pero más adelante podría haber algo que te hiciera recapacitar.

En aquel momento yo, molesto, no quise añadir nada más, y así nunca supe qué era, según mi padre, lo que hubiera podido hacerme cambiar de idea. Mejor dicho, no lo supe hasta que encontré a Silvia. Entonces descubrí que, desde luego, el hecho de vivir en una casa propia podía ser importante para una joven pareja, y que podía ser fundamental sobre todo para Silvia, a quien, no sé por qué, hasta entonces había atribuido mi misma capacidad de adaptación e indiferencia ante cuestiones de este tipo.

Así que mi padre al fin y al cabo había acertado: algo me hacía recapacitar. Otro en mi lugar sencillamente le hubiera confesado que las cosas habían cambiado y hubiese vuelto a pedirle el piso, pero yo no pude deshacerme de una idea que me iba reconcomiendo: «En su día renunciaste a la casa más que nada para darle una bofetada moral a tu padre. Ahora, al decirle que has cambiado de idea y quieres otra vez el piso, la bofetada moral la recibes tú.»

En pocas palabras, pidiéndole otra vez el piso, yo no hubiera sido el típico niño bien que al casarse pide ayuda al padre; el mío sería ese papel emblemático y tan mortificante del hijo pródigo del que hablan los Evangelios. Así es; mi prodigalidad se llamaba protesta juvenil, y mi padre, siguiendo con la parábola, celebraba mi regreso matando un becerro bien cebado en mi honor, es decir, restituyéndome la herencia de mi madre. Pensando en eso, volví a acordarme de una parodia basada en esta parábola, fruto de un brillante ingenio francés: «El hijo pródigo vuelve arrepentido a la casa del padre. El becerro, sabiendo cuál será su suerte, huye. Entonces el padre mata al hijo pródigo para que el animal vuelva.» Dicho de otra manera, al entregarme de nuevo el piso, mi padre suprimiría a su enemigo el contestatario.

Recurro a esta triste argucia para que se comprenda en qué estado de ánimo me encontraba yo entonces y para que se comprenda por qué al final, tras larga reflexión, decidí ir a vivir con Silvia en las dos habitaciones que mi padre nos había ofrecido, sin hablarle en absoluto del piso de mi propiedad. Reconozco ahora que al querer mantenerla alejada de esta intrincada cuestión, donde tan desagradablemente se mezclaban el amor propio y la ideología política, de alguna forma le mentí. Sin embargo, en aquel entonces me pareció que, estando así las cosas, sin tener casa propia ni dentro ni fuera de aquel inmueble, el querer aplazar el problema hasta el momento en que me viera capaz de resolverlo no equivaldría a mentir. Hablando con Silvia antes, sólo hubiera complicado inútilmente mi relación con ella y con mi padre.

De todas formas, las cosas se resolvieron para bien, o por lo menos así me lo pareció durante un tiempo; nos casamos, y fuimos a vivir a las dos habitaciones del piso de mi padre. Sin embargo, muy pronto me di cuenta, por pequeños detalles, de que Silvia no estaba para nada satisfecha. Entonces recordé que cuando le había comunicado que viviríamos provisionalmente en esta casa, ella se había limitado a comentar:

–A decir verdad, hubiera preferido vivir en una casa sólo nuestra, pero no importa; en casa de tu padre estaremos muy bien, y además le gustará que vivamos con él.

Le pregunté entonces, no sé por qué, de dónde había sacado ella la idea de que a mi padre le apetecería vivir con nosotros, y la respuesta de Silvia fue insólitamente contundente:

–Hasta un ciego lo vería, Dodo; se siente muy solo y de verdad no tiene a nadie.

Más adelante, como ya dije, tuve que volver sobre aquellas pocas palabras: «Francamente, hubiera preferido vivir en una casa sólo nuestra.» En efecto, al empezar a convivir con mi padre, observé que Silvia mantenía una actitud hostil hacia el suegro, como si le culpara por no disponer ella de un espacio «sólo suyo». Sin embargo, esa suposición mía no pasó de ser pura especulación mental, ya que Silvia nunca me explicó el motivo de su hostilidad y yo nunca le pedí que me lo revelara.

Hay que reconocer que si renuncié a saber más fue por la discreción con que mi mujer se comportaba en todas sus cosas. Desde luego había dicho lo de la «casa sólo nuestra», pero su forma de hablar tan conciliadora y pacata me había engañado, hasta el punto de tomar por resignación un tanto melancólica lo que en realidad era un neto rechazo, aunque expresado en condicional y con dulzura.

Por otra parte, hay dos motivos que me impidieron ir más allá en los problemas de Silvia: primero, que para resolver el asunto de la casa hubiera tenido que ventilar el de la relación con mi padre y, segundo, que el accidente de coche sirvió para ir aplazando el tema hasta el momento en que mi padre se encontrara bien del todo.

Hay que tener en cuenta, además, que la hostilidad de Silvia hacia mi padre no se había manifestado en una actitud de animadversión; al revés, el suyo era un formalismo familiar exagerado que hubiera podido engañar a cualquiera menos a mí, que sabía cuán poco era dada a la exageración en general. Silvia se comportaba con mi padre como una joven nuera respetuosa y servicial, siempre atenta y dispuesta, incluso demasiado. Por ejemplo, se empeñaba en no moverse de casa cuando Rita, la enfermera, tenía que salir a sus asuntos, y la sustituía a veces, haciéndose cargo de las tareas más desagradables, como hacer la cama u ocuparse de las necesidades corporales del enfermo.

Las dos. Después del almuerzo, Silvia y yo dejamos a mi padre y nos vamos a hacer la siesta. Cruzamos de nuevo el pasillo en penumbra y cubierto de estanterías llenas de libros, y entramos en nuestra habitación. Nos quitamos entonces los zapatos y nos tendemos el uno a lado del otro en la ancha cama de matrimonio; en este momento podríamos parecernos quizás a unos cónyuges muertos, echados boca arriba en dos sepulcros. La comparación es fúnebre, pero explica de alguna forma la sensación de paz profunda, mortuoria casi, que me inspira la ubicación de nuestro cuarto. En todo el piso no hay otra habitación más recogida y segura. Aislada en un rincón del inmueble con dos ventanas que dan a un patio desierto y silencioso, unida al resto de la casa por el cordón umbilical de un largo y tortuoso pasillo, esta habitación me resulta tan reconfortante como un vientre materno, un refugio al abrigo de las tormentas de la vida.

Será quizás esta sensación de aislamiento protegido e íntimo, aparentemente compartida por Silvia, lo que en un determinado momento, y sin darnos cuenta casi, nos anima a hacer el amor. De repente yo acerco a mi cuerpo el suyo pesado y dócil; ella se deja abrazar y me abraza; por un rato vamos rodando torpemente por la cama con la ropa puesta aún, besándonos y palpándonos con manos impacientes e inexpertas. Luego, casi por tácito acuerdo, nos desnudamos el uno al otro: yo le quito el jersey por la cabeza, ella me baja la cremallera del pantalón, yo desabrocho el sostén, ella se queda con mis calzoncillos, yo le quito la falda por los pies y ella me arranca la camisa por la cabeza; y así seguimos, en una lucha de destreza que el deseo entorpece, hasta quedar completamente desnudos. Entonces, la relación amorosa deja de ser espontánea y confusa para ordenarse y proceder de forma casi ritual. Yo me echo boca arriba y Silvia se pone a horcajadas sobre mi vientre, yo levanto las manos hasta acariciarle el pecho y ella agarra el miembro y lo introduce en la vagina. Luego, mientras ella mueve dulce y tenazmente, de izquierda a derecha y viceversa, su fornida cadera como para poner a prueba la fuerza del miembro en múltiples posturas, yo la miro.

El rostro de Silvia es un óvalo alargado; tiene ojos grises y mirada fija de miope; la nariz larga y estrecha; la boca pequeña, siempre triste y compungida. Aunque sentada sobre mi vientre con el pecho exuberante y sólido que vibra en cuanto ella se mueve, Silvia logra mantener en su rostro una expresión de piedad contemplativa que siempre, desde el comienzo de nuestro amor, me inspiró la sensación de algo ya visto, vivido ya. ¿Cuándo hizo su aparición? ¿Dónde había visto yo antes aquel rostro? Por fin, poco a poco, fui recordando.

De niño, asistía con mi madre a la misa del domingo en una iglesia que no estaba muy lejos de casa. Era una iglesia moderna y fea, un falso románico de ladrillo rojo y adornos de piedra blanca. En el interior, al fondo de la nave bordeada de columnas, una gigantesca virgen vestida de blanco con el niño, de blanco también, campeaba en el ábside cubierto por un mosaico de oro pulido y brillante. La misa, de la que ni sabía ni comprendía nada, aun gustándome la ritualidad de los gestos y el esplendor de los paramentos, se me hacía demasiado larga y aburrida. Sin embargo, no me cansaba nunca de mirar la imponente virgen de cabeza coronada y un poco ladeada, que me miraba fijamente en una actitud de inexplicable compasión. ¿Por qué la virgen tenía piedad de mí? Quizá no expresara yo esta pregunta de forma tan clara, pero ése era en el fondo el motivo de mi contemplación atónita y ausente. ¿Por qué, pues, la virgen se compadecía de mí? Como niño que era, me repetía esta pregunta sin formularla en palabras; a fin de cuentas yo era un ser feliz, no me faltaba nada, gozaba de buena salud, vivía con mis padres e incluso tenía niñera, todo el mundo me quería o al menos así me lo parecía...

Ahora, cada vez que hago el amor con Silvia, tendido boca abajo su cuerpo y dominado por la imponencia de su busto, y la observo mientras ella va moviendo tenazmente las caderas para provocar mi orgasmo, el parecido de su rostro y sobre todo de su expresión con el rostro y la expresión de la virgen bizantina de mi infancia, me fascina y multiplica mi placer, añadiéndole un cierto carácter simbólico. Mientras dura nuestro acto amoroso, Silvia se convierte en una figura emblemática extrañamente desdoblada en una figura real. Es al mismo tiempo la mujer que exprime y vigila mi sexo hasta su agotamiento extremo en el orgasmo, y la virgen aquella, siempre dispuesta a comprender y perdonar.

Mi contemplación casi religiosa, correspondida por Silvia, ella también en actitud de contemplación, dura casi hasta el final. De repente no puedo aguantar más; me encojo y me retuerzo entonces en un orgasmo donde voluptuosidad y dolor se unen, y cierro los ojos en un confuso reconocimiento de la blasfema analogía con el movimiento de los párpados, que van bajando en el momento de la elevación. Ahora ya no encuentro parecido ninguno entre la Virgen y Silvia; ella llega a su vez al orgasmo, hasta ahora retenido a la espera de mi satisfacción. Su pubis deja de moverse de derecha a izquierda y de arriba abajo, y se libera dando violentos brincos, como si se tratara de un mecanismo enloquecido. Silvia cae entonces con todo su peso encima de mi cuerpo, y su boca busca la mía. Un largo y tembloroso abrazo acompaña la caída en perpendicular de esa imagen, hace un instante aún tan piadosa y distante. Al final, Silvia se libera de mis brazos, deja la cama de un salto y desaparece en el cuarto de baño, pero la rapidez de sus movimientos no me impide vislumbrar en la sombra su cuerpo desnudo, parecido al de cualquier mujer joven de hombros fornidos, cintura estrecha y anchas caderas. Quizás ella intuya que ha dejado de ser la imagen sagrada que se contempla desde abajo con casta devoción, para convertirse en una mujer normal y corriente, que va corriendo a lavarse, con las manos puestas entre las piernas para que el semen no gotee. Por eso, al dejar la cama, a menudo me pide:

–No mires, por favor.

Las tres. Salgo a dar mi paseo de primera hora de la tarde, el momento del día que más me gusta, porque el tráfico es menos intenso y por la calle casi no hay gente. Saco el coche del patio y me voy al Paseo de la Vittoria, que flanquea el Tíber, no muy lejos de la plaza Mazzini, en el barrio de Prati. Hay un tramo del paseo que está cortado a causa de un desprendimiento de los cauces del río; hace años ya que trabajan para construir un nuevo arcén, pero mientras tanto se ha prohibido el paso a los vehículos y una valla blanca y roja bloquea la calle. Cruzada la valla, ese camino sin coches, flanqueado por grandes y frondosos plátanos y con el asfalto cuarteado y lleno de hierba, resulta un lugar ideal para pasear, pero, después de aparcar el coche, lo primero que hago es apoyarme en el parapeto del río y mirar hacia adelante. Veo una larga avenida bordeada de acacias, y muy lejos ya, por encima de las casas, aparece la cúpula de San Pedro. No soy un apasionado de la arquitectura, y si miro la cúpula es por un motivo bien claro que nada tiene que ver con el arte: es para verificar los resultados de un determinado fenómeno. Normalmente no pasa nada, pero a veces, cuando se acerca la tormenta y en el cielo se alternan las grandes manchas de azul con las nubes cargadas de lluvia, entonces de repente tengo la sensación de ver aparecer, crecer, levantarse, hincharse y romper al fin tras la cúpula, la consabida nube en forma de hongo de la explosión atómica. Sé muy bien que aquella nube no tiene ni puede tener nada que ver con la explosión, voy diciéndome que soy víctima de una alucinación debida a un parecido casual, pero de todas formas siento una especie de goce lúgubre al mirar la cúpula y fantasear en torno a su destrucción. La contemplación de la basílica, que imagino derrumbada entre un cúmulo de escombros, dura hasta que la nube, empujada por el viento, pierde la forma de hongo. Luego, tras constatar una vez más que lo mío es pura alucinación, retomo mi paseo al otro lado de la valla.

Las cinco. Vuelvo a casa. Silvia ya ha salido por su cuenta y dudo entonces si hacerle compañía a mi padre o irme a mi estudio a leer, escuchar música o a lo mejor a corregir los ejercicios de mis alumnos. Estoy convencido de que, aparte de estar muy solo, a mi padre le resulta difícil soportar la soledad; lo intuyo por el placer mal disimulado con que me recibe cuando entro en su estudio: un superfluo gesto de sorpresa y la interrupción inmediata de la lectura de cualquier libro o revista que tenga entre manos. Pero a veces, alrededor de las cinco, mi padre recibe visitas, y entonces me doy cuenta, ligeramente desilusionado no obstante la evidencia de los hechos, de que este hombre, más que apreciar mi compañía, teme la soledad. Parece resultarle indiferente que sea yo u otro el que le haga compañía, y, en todo caso, siempre es mejor que se trate de *otra.* Pues sí, a menudo mi padre recibe visitas de mujeres, por lo general entradas en años e incluso ancianas, que, según mis cálculos intuitivos, fueron en distintas épocas amantes suyas. Vienen algunas profesoras, dos o tres señoras de mediana edad de la alta burguesía, una ex alumna joven aún, una condesa con algunas primaveras de más y una princesa ya muy mayor. Por lo visto, mi padre ha ido manteniendo una relación estable con estas mujeres, que en efecto le tratan con mucho cariño, devoción e incluso admiración. Hasta sospecho que dos o tres de ellas, al ir a verle después del accidente, han intentado algún escarceo sexual. Fuere como fuere, si llamo a la puerta y lo encuentro con una de esas acompañantes, su forma casi irónica de presentarme sin invitarme a tomar asiento, incluso su manera de decir «Es profesor como yo», hace que yo huya de la habitación con un sentimiento, ¿por qué no admitirlo?, de renovada antipatía.

En consecuencia, la mayoría de las veces me voy al otro extremo del piso, al estudio que tengo junto al dormitorio, con el mismo techo abovedado, las paredes blancas y una única ventana que da al patio. ¿Qué hago en ese cuarto silencioso, segregado y monástico? Pongo un disco de música clásica de fondo, me siento, algo incómodo, en una pequeña silla ante un diminuto escritorio, y corrijo los ejercicios de mis alumnos. Más tarde, sin preocuparme por la hora y dejándome guiar un poco por el humor del momento, aparto los ejercicios y me pongo a leer, sin moverme del escritorio. Algunas veces, las menos, me quito los zapatos, me echo en la cama y empiezo a fantasear. No es que haga cábalas sobre el fin del mundo, pues ese pensamiento tan abstracto lo tengo reservado para el momento del despertar. Mis fantasías van ahora encaminadas hacia el campo de la literatura, y sobre todo de la literatura francesa. Aquello que en mis clases de la facultad llevo a cabo de forma fragmentaria y casi en contra de mi voluntad, ahora lo hago solo, en plena libertad y sin arrepentimientos. Voy bosquejando nuevas teorías literarias a partir de alguna lectura reciente; otras veces pienso en un personaje imaginario como si se tratara de un ser real, o convierto a un escritor de carne y hueso en un ente de ficción. Al final acabo durmiéndome.

Las ocho. Tras un cuarto de hora, media hora de sueño rápido y pesado, de repente me despierto e inmediatamente pienso en Silvia. Desde que decidimos que ella por la tarde saldría sola, nunca estoy del todo seguro de encontrarla en casa. Sin embargo, voy buscándola casi con angustia, como si temiera verme abandonado. Para empezar voy al dormitorio, donde la encuentro a veces, pues acaba de llegar y se está cambiando. Si no está en nuestra habitación, busco por todo el piso: en la cocina, en el comedor, en el estudio de mi padre e incluso en el baño. Curiosamente, jamás aparece donde yo había imaginado verla: si busco en el dormitorio, está en el estudio, si me voy al estudio, está en el comedor. En este caso, la encuentro en la gran sala casi completamente a oscuras, excepto el rincón donde está sentada ella, muy sola y como angustiada, esperándome con un libro en la mano.

–Estaba cansada y no tenía muchas ganas de hablar; por eso me he venido aquí con un libro. Además, Rita ya se ocupa de hacerle compañía a tu padre.

Con estas palabras compungidas parece pedirme disculpas por no haber cumplido en esta ocasión con su deber de nuera cariñosa y abnegada. Alguna vez, de tarde en tarde, también la encuentro donde mi padre, sentada en un sillón a los pies de la cama, mirando silenciosa y ausente los programas de televisión con él. Entonces no puedo por menos de observar, algo dolido, con qué sensación de alivio, de alegría podríamos decir, ella acoge mi llegada: en seguida se levanta, y acto seguido me pregunta si ya es la hora de salir para ir a cenar.

Las nueve. Nos despedimos de mi padre, que cena con la enfermera, y salimos. Solemos cenar en un restaurante, pero de cuando en cuando nos reunimos en casa de amigos, los amigos de Silvia. Ha llegado ahora el momento de decir que mi vida, digamos, social, que por otra parte siempre había resultado muy precaria hasta el sesenta y ocho, en el momento de acabarse la época de contestación prácticamente dejó de existir: de los pocos compañeros de mis veladas, algunos se esfumaron y otros se trasladaron lejos de Roma, incluso al extranjero.

El caso de Silvia es distinto. Ella, indiferente a las vicisitudes políticas, nunca interrumpió su relación superficial y a la vez cariñosa con cierto tipo de burguesía de la clase media que yo llamo «papal», pues creo que gente como ésa ya la había en Roma antes de la Unidad, y sus peculiaridades e intereses no han cambiado para nada. A veces, bromeando, le hago notar que si diéramos un salto atrás de siglo y medio, sus parientes y amigos no tendrían ningún problema de adaptación y se encontrarían a sus anchas. Ella está de acuerdo conmigo, reconoce que se trata de gente mezquina y aburrida, pero luego, no sé por qué, sigue reuniéndose con ellos, organizando cenas en sus casas o excursiones y comidas en el campo y en la playa, programando veladas en la Ópera o en las salas de conciertos, y esgrimiendo la excusa muy obvia de que «hay que hacer algo» y de que no se puede vivir «aislados».

Las veladas que más me gustan son aquellas en que cenamos solos en un restaurante chino muy cerca de casa, en una plaza del barrio antiguo. Es un sitio barato, donde la comida no es nada excepcional, pero tiene el don, genuinamente oriental, de ofrecer una tranquilidad casi furtiva, de la que nunca se podría disfrutar en las bulliciosas fondas romanas. Nos sentamos a una mesa lacada, negra y roja; a nuestras espaldas hay un biombo adornado con dibujos de almendros en flor y garzas en vuelo, y cuelgan del techo unos farolillos de colores de papel transparente. De la cocina nos llegan murmullos y sonidos apagados, y al abrirse la puerta oímos la monótona cantinela de un carillón. Yo me siento frente a Silvia, y mientras la escucho voy tragando arroz, brotes de soja y pollo, limitándome a asentir con unos sonidos inarticulados y algún que otro gesto de la cabeza. ¿De qué me habla Silvia? A decir verdad, de nada; sin embargo, de esa nada hecha de minucias, secretillos, reflexiones y comentarios, nace aquella atmósfera que llamamos íntima, una intimidad discreta, sobria y doméstica, que se parece a ella. A veces pienso que si Silvia no me dice nada es porque, en el fondo, entre nosotros todo se ha dicho ya, pero ¿cuándo? Ése es otro misterio; tras pensarlo y reflexionar seriamente, tengo que reconocerlo: nunca. Es posible entonces que la nuestra sea una intimidad puramente física, donde lo que cuenta no es tanto el significado de las palabras como el tono de voz, las miradas, los gestos que acompañan esas palabras.

Las diez. Como ya dije, después de cenar vamos a menudo al cine. Sentados en la oscuridad de la sala, Silvia busca con su mano el hueco de la mía, y miramos la película con las manos enlazadas, como una pareja que hace algo que las une. De vez en cuando, si no hemos hecho el amor a primera hora de la tarde, Silvia, convencida al parecer de que la relación sexual debe ser diaria, empieza entonces a acariciarme. Lo hace sin preocuparse de que yo lo pida o lo desee. Allá en la oscuridad, sus dedos se liberan de los míos y la mano, antes apoyada en mis rodillas, serpentea hacia la cremallera, la baja estirando poco a poco, se introduce luego entre el calzoncillo y el vientre, liberando cuidadosamente mis genitales con dulce tenacidad, sin prisa, al abrigo de un guardapolvo echado sobre mis piernas. La caricia continúa entonces sabia y lenta, casi diríase que medida hasta el punto de interrumpirse cuando el placer es demasiado agudo, para luego volver a empezar en el momento en que la tensión se hace soportable. Es una caricia sabia pero en cierto sentido cruel; a veces llego a compararla con aquellas torturas basadas en la sistemática alternancia de dolor y sosiego, como el garrote vil que, al igual que la caricia de Silvia, prolonga al máximo la agonía en un vaivén continuo de vida y muerte. Al final, temiendo acaso que yo llegue al orgasmo antes del momento que ella misma ha fijado, Silvia se inclina bruscamente hacia mi vientre, y acaba con la boca lo que había iniciado con la mano. Mientras su cabeza se mueve arriba y abajo con movimientos impacientes y casi enfurecidos, no puedo resistir la tentación de preguntarme de dónde viene esa voluntad tan firme de llevarme al orgasmo. Lo primero que se me ocurre pensar es que las cosas no seguirán siempre igual: Silvia y yo aún nos queremos como en los primeros días de nuestra unión, incluso más si cabe, y esta pasión enardecida por el frenesí sexual no será eterna; Silvia intenta sencillamente apurar ese amor mientras existe, lo mismo que procuramos aprovechar un día de sol poco antes de que empiece el invierno. Sin embargo, yo creo que en su avidez sexual se revela también una aspiración inconsciente hacia la maternidad, es decir, la necesidad, inconsciente también, de comprobar que en un determinado momento esta aspiración podría ser prontamente satisfecha. Hay un hecho que de alguna manera confirma su instinto materno al acecho: tras mi orgasmo, Silvia no se libera del semen escupiendo en el pañuelo; al contrario, lo engulle con avidez simbólica y compungida, como si quisiera subrayar que en aquel momento su boca sustituye el órgano de la procreación.

Las doce. Al volver a casa después de la película, doy por terminado el día. Un día cualquiera de mi vida a los treinta y cinco años, en el cual han ido sucediendo más o menos las mismas cosas que, día tras día, sucedieron hace un año y que con toda probabilidad se repetirán el año próximo, a menos que pase algo imprevisto.

Sin embargo, la vida cotidiana transcurre, repetitiva y rutinaria, paralelamente al drama, que cuando existe (y a menudo existe) aparece del todo desligado de ella. Uno se lava los dientes, defeca, come y duerme cada día aun cuando estén en sus manos no sólo la propia vida, sino los destinos de un imperio. He decidido por lo tanto describir mi vida cotidiana, sin por eso querer inferir que el drama no existe. Con este propósito, al hablar de mis costumbres, a menudo quise señalar las varias fisuras que en ellas se han ido produciendo, unas fisuras que en cualquier momento podrían transformarse en profundas grietas. Una de esas brechas tan peligrosas ha aparecido hace poco en el edificio de mi matrimonio, que hasta ahora he descrito como una unión confortablemente estable y felizmente monótona. Hace unos días Silvia cogió su maleta y se fue, dejándome una nota donde me decía que durante un tiempo viviría en casa de una tía suya. No es que fuera a dejarme; sólo deseaba «reflexionar» sobre su vida. Incluso añadía que le hubiera gustado que nos viéramos al menos una vez por semana en el restaurante de siempre, el chino que está no lejos de casa.

II

LA CONCHA PÁLIDA Y ROSA

Entre las muchas teorías literarias que de cuando en cuando suelto en clase a mis torpes e indiferentes alumnos, con una generosidad de la que más tarde me arrepiento y me avergüenzo, hay una que últimamente he ido trazando con sospechosa precisión. Se trata de lo siguiente: la compulsión admirativa, o, si se prefiere, el voyeurismo, sería la fuente de gran parte de la narrativa y, desde luego, del cine. En cambio, no puede hablarse de voyeurismo ni en pintura ni en escultura, porque en estas artes falta movimiento: el voyeur no espía tanto el objeto como su movimiento, es decir, su comportamiento. Además, debe tratarse de un comportamiento tan íntimo que nadie, excepto el voyeur, podría espiar sin ser consciente de cometer una indiscreción. Dicho de otra manera, y limitándome a la narrativa, el novelista, aparte de mostrarnos aquello que todos podrían ver, a menudo nos muestra aquello que nadie podría ver excepto, como decíamos, el voyeur. En efecto, así como no se puede atribuir al voyeurismo la representación de acontecimientos públicos como, por ejemplo, un baile o una sesión parlamentaria, sí es indiscutiblemente voyeurista la representación de un hecho tan íntimo como la relación sexual, pues la gente no se acuesta en público. Por lo tanto, cuando un novelista describe a dos personajes en el momento de su acoplamiento, en realidad mira y hace que nosotros miremos por un imaginario ojo de la cerradura. Al voyeurismo del escritor se suma a menudo el voyeurismo de un personaje, como es el caso de la famosa escena de Proust donde el narrador espía a Monsieur Charlus mientras éste hace el amor con el *giletier* Jupien, y también, siempre hablando de Proust, aquel pasaje tan conocido en que Mademoiselle de Vinteuil es espiada mientras hace el amor con una amiga suya.

Sin embargo, la escena voyeurista por excelencia es obra de Herodoto: aquí el mismo rey Caudale y su protegido espían a la reina mientras ella se desnuda. Esta escena es doblemente voyeurista, pues el rey espía al protegido en el momento en que éste espía a la reina. Además, en el pasaje mencionado el voyeurismo no sirve de pretexto, como en Proust, sino que constituye el tema.

Podría seguir citando, pero he hablado de Herodoto y de Proust sólo para demostrar que el voyeurismo va apareciendo a lo largo de toda la narrativa, desde los orígenes hasta nuestros días. Con eso basta; prefiero ahora decir algo del porqué de mi improvisada teoría literaria. Francamente, no empecé a considerar la compulsión admirativa como fuente literaria leyendo una novela, sino un poema de un autor que hace poco analicé en clase: Mallarmé. Es un poema que empieza diciendo: «Una negra por el demonio poseída...»

Voy a transcribirlo:

Una negra por el demonio poseída
de una niña doliente, nuevos y criminales,
probar quiere los frutos bajo el roto vestido;
la glotona se apresta a trabajos arteros:

con su vientre roza dos pezones felices,
y, tan alto a la mano para intentar cogerlo,
al igual que una lengua inhábil al placer,
arroja el choque oscuro de sus dos borceguíes.

Contra la asustadiza desnudez de gacela
temblorosa, de espaldas, tal un loco elefante,

derribada, ella espera y se admira con celo,
riéndole a la niña con los dientes ingenuos;

y entre sus piernas donde la víctima reposa,
alzando una piel negra bajo la crin abierta,
avanza el paladar de tan extraña boca
color pálido y rosa como una concha marina.

El poema pertenece al género comúnmente denominado obsceno. En efecto se describe o, mejor dicho, se cuenta (pues en la escena hay movimiento) la postura erótica que llamamos sesenta y nueve, con la triple singularidad de ser un sesenta y nueve entre dos mujeres, entre una persona adulta y una niña, y entre una negra y una blanca.

Pero lo que más me interesa no es la obscenidad, sino el voyeurismo, que es doble. Mallarmé no sólo nos permite espiar algo especialmente íntimo, como es el caso de una escena de amor lésbico, sino algo íntimo dentro de la intimidad, es decir, la parte interna del sexo femenino, que normalmente está cubierta por el vello púbico. Podemos mirar hasta hartarnos a una mujer desnuda por el ojo de la cerradura, y únicamente veremos lo que la naturaleza quiso que viéramos, a menos que, como nos dicen los versos de Mallarmé, la miremos mientras «se mueve». Así que en este poema al voyeurismo se añade cierta curiosidad profanadora, pues ¿no es acaso una profanación ir con la mirada más allá de los límites impuestos por la naturaleza?

Por otra parte, como ya dije, el voyeurismo empieza por la observación del movimiento del objeto espiado. Eso es justamente lo que sucede en el poema de Mallarmé. Pero veamos: ¿cuál es la situación, y quiénes son los personajes que espían y son a su vez espiados? Empecemos por la negra: en esta ocasión, cosa insólita, no es la víctima, sino el verdugo. La víctima en cambio es una blanca, y una niña además, una criatura tierna, cuyos pechos apenas empiezan a florecer, y sin embargo ya corrompida, ya iniciada a los juegos eróticos. Corrompida sí, pero todavía falta de experiencia, pues tiembla de emoción mientras tiende la cabeza entre las piernas abiertas de la seductora, antes de atreverse a prodigar aquella caricia tan íntima que se le pide.

Además de estar corrompida y de tener miedo, la niña es pobre, ya que su vestido rojo deja entrever las torpes formas del cuerpo impúber. Frente a la niña, la negra salvaje, segura de sí misma, con la risa en los labios, se comporta como quien disfruta de un estatus social superior: la negra se divierte, la niña sufre y cumple.

¿Cómo pudo darse el encuentro entre dos personas tan distintas? Teniendo en cuenta que la escena se desarrolla en París hacia fines de siglo, cuando sin duda ya había muchas africanas que trabajaban de criadas en las casas, podemos deducir que la negra es una cocinera o una doncella, mientras la niña es una pobre mendiga o recadera. Hace tiempo ya que la mujer se ha fijado en su víctima, y un día cualquiera, aprovechando los momentos muertos de primeras horas de la tarde, la aborda ofreciéndole un regalo o, con más franqueza aún, prometiéndole un dinero.

La escena de seducción se lleva a cabo en la cocina, donde la negra, tras haber saciado el hambre de la pequeña y haber obtenido un tímido consentimiento lleno de terror, coge de la mano a la niña y la hace subir casi corriendo los cinco pisos de la escalera de servicio. Allí está la buhardilla, con su techo oblicuo y su pequeña ventana que mira hacia los tejados de París. La negra, «por el demonio poseída», se ha olvidado de cerrar bien la puerta; se tiende ahora en la cama, abre las piernas e indica su sexo a la niña con ademanes autoritarios. Indecisa, confusa, fascinada, la pequeña se quita el vestido agujereado, se acerca a la cama e intenta acomodarse en ella. La negra la ayuda, la coloca, le da la vuelta y empuja la cabecita abajo entre sus muslos. Al mismo tiempo se yergue con el vientre hasta rozar los pequeños pechos, y levanta las piernas en el aire sin haberse quitado antes los borceguíes, debido a la mucha prisa. La niña, o mejor dicho la víctima, según palabras del mismo Mallarmé, tiembla de miedo; y sin embargo se tiende entre las piernas de la seductora, arriesgando una primera caricia. Mientras tanto, la negra mira o más bien espía con la cabeza inclinada hacia un lado, y ríe infantil y complacida.

Hablemos ahora del voyeur. No es difícil imaginárnoslo como el hijo del dueño –un muchacho inexperto y sin embargo atraído por todo lo referente al sexo–, pues la forma de presentar la escena nos lo hace suponer. El chico se deja caer casualmente, o acaso no tan casualmente, en el último piso, donde se encuentran las habitaciones del servicio, y caminando por el pasillo, oye voces y risas detrás de una puerta entreabierta. Entonces se acerca, da un ligero empujón a la hoja de la puerta y mira. La primera y única cosa que el muchacho ve es «...el paladar de tan extraña boca color pálido y rosa como concha marina». Por lo tanto, en aquel preciso momento descubre no sólo la forma del sexo femenino, sino también su comportamiento. Y sin embargo el chico se da cuenta de que su descubrimiento se asemeja en cierto modo a la profanación, pues se presenta ante sus ojos, abierto de par en par, aquello que la naturaleza siempre quiso que se conservara cerrado, escondido, invisible, inviolable, y por eso, de alguna manera sagrado. Su gesto implica justamente una violación de lo sagrado, pero el muchacho no aparta la mirada, no cierra la puerta, sino todo lo contrario: se afana por mirar, justificándose con la idea del descubrimiento. En pocas palabras, el chico acepta el propio voyeurismo, convencido de que al mirar amplía y profundiza sus conocimientos.

Quiero subrayar el carácter de descubrimiento del voyeurismo: el voyeur no sólo espía lo prohibido, sino también lo desconocido; resumiendo, el voyeurismo necesita descubrir lo ignoto. Es ahora cuando, de repente, me doy cuenta de que existe una relación indudable, aunque poco clara, entre las formas de descubrimiento del voyeurismo y las de la ciencia. En efecto, el investigador, que consigue espiar un secreto de la naturaleza por la estrechísima fisura de un audaz experimento, posiblemente conozca las mismas sensaciones de ardiente curiosidad y desafío profanador que el chico inexperto del poema de Mallarmé, quien espía, desde el resquicio de la puerta, la increíble aparición de la «concha pálida y rosa».

¿Y entonces? Entonces la mirada del muchacho de Mallarmé tiene el mismo carácter impío que la mirada del investigador frente al misterio de la composición de la materia, por ejemplo. No hay duda alguna sobre los sentimientos del hombre de ciencia con respecto a los propios descubrimientos, unos sentimientos de curiosidad ardiente pero en el fondo sacrílega: todas las descripciones recogidas sobre el estado de ánimo del investigador durante un experimento lo confirman. Me llama la atención ahora la analogía entre las palabras «fisión» y «fisura». El proceso científico que lleva al descubrimiento de la energía atómica implica una inicial «hendidura», palabra que puede aplicarse tanto al átomo como al sexo femenino. En ambos casos estamos ante el descubrimiento (en el sentido literal del término, de descubrir un objeto hasta ahora cubierto) de un solemne misterio de la naturaleza, el misterio que desde siempre ha ido rodeando tanto la composición de la materia como los orígenes de la vida.

Sin embargo, ¿no resulta acaso arbitrario e injusto hablar de analogía entre dos descubrimientos tan distintos, tanto en las intenciones como en los resultados? Dicho en otros términos, ¿no hay una diferencia sustancial entre la curiosidad del voyeur y la del investigador? Me hago yo mismo esta objeción, y la encuentro acertada, pero no importa: no siempre se piensa para pensar lo mejor; a menudo también se piensa más que nada para pensar cosas injustas sobre las que parece inevitable reflexionar.

Mientras voy cavilando, aparco el coche cerca de la valla que separa la parte transitable del paseo fluvial de la zona cerrada al tráfico, y me dirijo hacia aquel punto del parapeto desde donde se ve la cúpula de San Pedro. Llevo una Polaroid colgada del cuello: quiero fotografiar la nube que de vez en cuando se me aparece falaz más irresistiblemente como el hongo atómico que se yergue en el cielo detrás de la basílica, para descubrir si se trata de una casual analogía o de una alucinación.

Justamente hoy el tiempo es favorable a mis experimentos. Es un día ventoso de primavera que amenaza tormenta, y unas grandes nubes blancas serpentean por el cielo azul. Repitiendo mecánicamente en voz baja las palabras «fisión» y «fisura» como una cantinela obsesiva y sarcástica, enfoco la Polaroid y espero.

Y, efectivamente, una nube asoma a la derecha de la cúpula, hinchándose y deformándose a medida que el viento la empuja. Pero todavía no es más que una nube primaveral, locuela y alegre, con el vientre lleno de lluvia y los bordes dorados por el sol. Luego, de improviso, la nube se vuelve amenazadora; si hace poco sólo era un caprichoso volumen de brillante y blando algodón, ahora, no hay duda, es una seta gigante y rezumante de veneno, con el talo plantado en la tierra y el casquete cada vez más ancho y más oscuro. La nube de antes me recordaba aquel poema en prosa de Baudelaire: «¿Qué amas, pues, gran extranjero? Amo las nubes, las nubes que pasan... Allá, allá lejos, las maravillosas nubes.» Para la nube en forma de seta que ahora aparece, en cambio, resultan más apropiadas las palabras del Baghavahd Gita que supuestamente murmuró el físico Oppenheimer viendo el desierto de México iluminado por la luz cegadora de la explosión nuclear: «Yo soy la muerte que todo lo arrastra, yo soy el trastorno de los mundos.»

Ahora bien, yo estoy aquí para fotografiar la nube, así que, tras haber mirado una y otra vez la cúpula y la nube, allá lejos, al final del sendero de acacias, hago la foto. La hoja del revelado sale en seguida, como una lengua en ademán de mofa. Muevo el papel en el aire a la espera de que las imágenes vayan fijándose, y mientras tanto sigo las ulteriores transformaciones de la nube en el cielo. El viento, que la embiste y la maltrata, le ha hecho perder su parecido con el hongo atómico, tanto que ahora podría ser cualquier cosa, lo mismo que la nube que Hamlet muestra a Polonio: un camello, por ejemplo, o una comadreja, una ballena, o acaso otro bicho. En pocas palabras, vuelve a ser una alegre e inocua nube de primavera y nada más. Entonces miro finalmente la foto. La imagen, ambigua como la nube de Hamlet, parece subrayar por encima de todo mi tendencia a la alucinación: soy yo quien ve la bomba por doquier, y de nada sirve que intente fotografiarla para demostrar su existencia o inexistencia. Guardo la foto en el bolsillo y retomo mi paseo.

Ahí está la valla blanca y roja, y, más allá de la valla, el asfalto destrozado del paseo fluvial sin márgenes ya, lleno de bultos y de grietas. Nadie anda a lo largo del parapeto, nadie por la acera, bordeando las casas. De repente, me decido por algo insólito: si normalmente suelo mantenerme del lado del parapeto, observando la curva pintoresca del río en ese punto, esta vez, sin saber por qué, empiezo a caminar por la acera, a lo largo de una hilera de edificios donde las ventanas del entresuelo están muy bajas. Entonces veo, asomada a una de aquellas ventanas, una persona en la que ya me había fijado otras veces: es una africana, probablemente la criada de una de aquellas familias.

Aminoro el paso para mirarla mejor. Está inclinada hacia adelante, en ángulo recto, con el pecho apoyado en el alféizar. El color negro de los brazos, desnudos hasta el codo, contrasta con el blanco de un jersey de angora. Es joven, y lleva alrededor de la cabeza la típica corona de rizos cortos y tupidos que a veces enmarca las frentes de las estatuas romanas. Tiene la nariz pequeña y ancha, con las aletas dilatadas, y su boca sugiere una expresión caprichosa e irónica; los ojos, redondos y brillantes, me miran con insistencia.

En seguida me doy cuenta de que me está observando; también reconozco que si yo he cambiado de acera ha sido para mirarla mejor e incluso hablar con ella; efectivamente, en cuanto llego bajo la ventana, digo con cierta naturalidad:

–Buenos días. –Me contesta a su vez, dándome los buenos días en francés. Su voz es dulce, pero fría. Yo continúo la conversación en francés y añado estúpidamente–: Hermosa tarde, ¿verdad?

Ella en seguida prescinde del diálogo convencional, y me embiste con una expresión de protesta casi dolida:

–Te he visto muchas veces; siempre pasas a la misma hora y para mí eres como un viejo amigo. Pero ¿por qué nunca me miras, siempre andas cabizbajo y no te fijas en mí? ¿Por qué?

Procurando salir de apuros, contesto alegre y evasivamente, retomando el poema en prosa de Baudelaire que ya cité anteriormente:

–Paseo para descansar. No miro nada más que las nubes.

Se echa a reír, mostrando la magnífica dentadura:

–Es mejor mirar a una mujer que a una nube.

Me divierte la idea de que yo haya citado a Baudelaire y ella, inconscientemente, haya aludido a Mallarmé y a su poema sobre la negra. Le pregunto:

–¿Eres senegalesa?

Sonríe y contesta rápida y contenta, como si se tratara de un juego infantil:

–No; a ver si adivinas de dónde soy.

–¿Eres de Costa de Marfil?

–No, no soy de Costa de Marfil.

–¿De Mali, quizá?

–Tampoco.

Pronto se acaban mis nociones sobre la África francófona, y confieso sonriendo:

–Francamente no sé de dónde eres. ¡África es tan grande!

Ella repite como en una cantinela:

–Sí, África es grande, y yo soy del país más grande de África, un país que ha cambiado de nombre.

Por fin caigo en la cuenta:

–Es el Congo.

–Ahora se llama Zaire –me corrige ella, puntillosa.

Ya no sé cómo continuar la conversación. La miro y me siento atraído por una particularidad de su cuerpo: si bien el busto es el de una mujer de constitución normal, sus partes traseras, que se entrevén más abajo del antepecho donde está apoyada, parecen corresponder a otro cuerpo más voluminoso. Hasta tal punto me intriga esta desproporción entre el busto y el trasero, que no vuelvo a abrir la boca, intentando buscar el epíteto más adecuado. Al fin lo encuentro: «culigorda».

Ella de repente me pregunta:

–¿En qué diablos estás pensando?

En un primer momento dudo; luego decido confesar la verdad:

–No pienso en nada. Estoy mirando.

–¿Qué miras?

–Tu trasero.

Se echa a reír, y retirando la mano del antepecho se planta un cachete en la nalga.

–Es muy grande, ¿verdad? Hace tres años no era así, pero por desgracia ha ido creciendo.

–¿Por qué dices «por desgracia»?

–Trabajaba de modelo, y por culpa de mi trasero tuve que dejarlo.

Mejor cambiar de conversación.

–Tú vives sola o...

–Vivo con un hombre que se llama John y toca la batería.

–¿Él también es de Zaire?

–No, es americano, de Virginia. –Quisiera preguntarle si también el chico es de origen africano. Ella interviene con notable intuición, riendo alegremente–: Mi John es blanco, más blanco que tú; tiene ojos azules y pelo rubio.

Así que he encontrado la manera de saber que vive con un blanco. Le pregunto:

–¿Dónde está John ahora?

–Está de tournée, en Sicilia.

–¿Y qué haces tú tan solita?

–No estoy sola, tengo algunas amigas. Jugamos a las cartas y vemos la televisión. Cuando no están ellas, me asomo a la ventana y miro a ver quién pasa.

–Nunca pasa nadie por aquí.

–Tú sí que pasas.

Observo para mis adentros que ésta es una forma muy directa de hacerme comprender que le gusto. Al mismo tiempo vuelvo a la idea inquietante y un tanto supersticiosa de que ella «es» la negra de Mallarmé «por el demonio poseída», y que por una extraña providencia erótico-literaria está ahora ahí, asomada a la ventana. Le pregunto:

–¿Cómo te llamas?

–Pascasie.

–¿Sabes una cosa, Pascasie? Justo cuando empecé a hablar contigo, estaba pensando en una mujer africana.

En seguida me pregunta, algo celosa:

–¿La quieres?

–No, no es eso. Sin embargo, ella me hace pensar en el amor. Digamos que me gusta.

–¿Más que yo?

La pregunta es seria y la sonrisa se ha esfumado de sus labios. Yo dudo, y luego comento:

–De un modo diferente.

–¿Y dónde está esa africana?

De repente comprendo cuán absurda resulta esta conversación, hablando de Mallarmé por la calle, desde la acera y con una ventana de por medio. Finalmente propongo:

–Tu querido John se ha ido de tournée, ¿verdad? Pues si quieres continuar hablando, déjame subir a tu casa. De lo contrario, mejor será que yo siga paseando.

Me replica con súbita desconfianza:

–Ni siquiera sé quién eres.

Acto seguido me presento:

–Me llamo Edoardo y soy profesor de literatura francesa. Si quieres, puedes llamarme Dodo, como mi mujer.

–Es un nombre muy raro. En mi país «hacer dodó» significa dormir.

–Dodo es el nombre de una raza de pájaros que ya no existe, y yo también pertenezco a una raza en vías de extinción.

La palabra raza despierta sus sospechas.

–¿No eres italiano?

–Sí, soy italiano, pero también soy un intelectual, es decir, un animal en vías de extinción.

Sus sospechas van aumentando. Por fin suspira y dice:

–No sé si debería dejarte subir. John es un hombre celoso, y además no te conozco.

–Entonces, baja tú; así podremos pasear y charlar. Si quieres, te hago una foto.

He hablado de la Polaroid por casualidad, pero acto seguido me doy cuenta de haber pronunciado la palabra mágica que abre todas las puertas. Ella rápidamente contesta:

–No, no, sube tú. Haremos la foto en casa.

Me dirijo hacia la verja sin contestar. Ella grita: «Voy a abrir.» Y desaparece.

Paso por el jardín y entro en el zaguán. Pascasie, de pie ante la puerta de su apartamento, lleva pantalones y jersey blancos, de modo que el contraste de su rostro y sus brazos negros me recuerda la imagen irreal y fantasmagórica de un negativo. Me tiende rígidamente, como de lejos, la mano larga, delgada y fría; luego se vuelve con brusquedad y me va abriendo paso hacia el interior de la casa. Se confirma entonces lo que yo ya había adivinado desde la calle. Pascasie parece estar formada por dos cuerpos distintos: de cintura para arriba es una mujer joven de constitución normal; de cintura para abajo, el extraordinario volumen de sus nalgas me recuerda el «loco elefante» de Mallarmé. Pero hay que reconocer que su forma de moverse, graciosa y ligera, atenúa este defecto, de modo que la desproporción se nota menos ahora que cuando estaba asomada a la ventana.

Entramos en la sala de estar, con la típica decoración a base de formica y metal, muy propia de los pisos amueblados. Pascasie me hace sentar en un estrecho sofá tapizado de verde con las patas barnizadas de negro; ella se acomoda a su vez en una silla muy frágil, incapaz de contener sus rebosantes caderas, y cruza con dificultad las piernas, como disponiéndose para una charla frívola. Miro a mi alrededor: algunas máscaras africanas, evidentemente falsas, cuelgan sin orden ni concierto encima de los muebles de formica. Pegadas a una pared, hay un sinfín de fotos de Pascasie, con distintos vestidos y en distintas posturas. En una de las fotos en color, se ve a la chica abrazada a un hombre joven vestido de esa forma extravagante tan típica de los baterías: camisa amarilla, cinturón violeta, pantalones verdes. Debe de ser John, pues tiene un casquete de rizos rubios. Pascasie vuelve a hablar, centrando la conversación en el punto que más le interesa: la presencia de una africana en mi vida.

–Por lo visto, entonces, estás enamorado de una africana.

–Pues no lo sé. Y además, ¿cómo se puede estar enamorado de un fantasma? –contesto yo, ambiguamente.

Su expresión es ahora compungida.

–¿Murió?

–No, está viva... Y tan viva.

–¿Dónde está entonces?

–Es un libro.

Vuelve a mirarme con cierto aire de sospecha.

–¿En un libro? No entiendo nada. Tú quieres a la dichosa africana, y por lo tanto existe. Pero si sólo está en un libro, es que no existe de verdad: está hecha de palabras.

–¿Acaso no se puede querer a alguien que esté hecho de palabras, alguien que sea sólo un personaje?

–¿Cómo se llama ese personaje?

Sin saber por qué, contesto acto seguido:

–Se llama Pascasie.

–¿Como yo?

–Sí, como tú. Es más; bien mirado, el personaje eres tú.

Ríe otra vez.

–¿Yo? ¿Personaje, yo? Yo soy una mujer de carne y hueso. Toca aquí y aquí también, y dime tú si éstas son palabras. –Al decir eso agarra mi mano y me obliga casi a apretar el brazo y el muslo–. ¿Ésas te parecen palabras?

–Está claro que no son palabras, pero igualmente te pareces a la africana de quien te hablaba. Es como si acabaras de salir de las páginas de aquel libro –contesto yo, apartando la mano.

Se informa, seria:

–¿Qué libro? ¿Es una novela?

–No, es un libro de poemas.

–¿De un poeta africano?

–No, es francés.

–¿Es un buen poeta?

–Francamente, creo que sí.

–Recítame el poema.

Callo un momento, perplejo, pues no había previsto esta petición. Luego le explico:

–No he traído el libro, y no me sé el poema de memoria.

–Pero ¿qué dice el poeta de la africana?

–Dice que parece un elefante.

–Eso es todo lo que saben decir los blancos de los negros. A un poeta africano nunca se le hubiese ocurrido decir algo parecido de una mujer de su raza –protesta ella, ofendida. Yo añado tranquilamente:

–También los elefantes son hermosos.

–¿Y qué más dice?

–Dice que tiene unos dientes bonitos.

Se ríe expresamente para mostrar su dentadura firme y blanca.

–Mis dientes también son bonitos. ¿Qué más?

–Dice que es ingenua y alegre, y que se ríe mucho.

–¿No dice nada más?

Callo por un momento, y luego añado:

–Dice que está poseída por un demonio.

–¿Un demonio?

–Sí, un demonio; un espíritu, digamos.

Se pone a reflexionar:

–En mi país, las mujeres poseídas por los espíritus son las hechiceras. Y ¿qué le ordena el espíritu?

–Le ordena que haga el amor.

Ríe otra vez.

–No es necesario ser hechiceras para hacer el amor.

–No se acuesta con un hombre.

–Ah, entonces es con una mujer. Pues las mujeres esas, no sé por qué, me persiguen. Hay una que de vez en cuando me envía un ramo de flores –replica ella, volviendo a reír.

–No es una mujer, es una niña.

Aunque no parezca haberse sorprendido, me doy cuenta de que, no obstante continúe riendo, su mirada de repente se ha vuelto seria, fríamente inquisidora. Intuyo entonces que me está observando y que de alguna forma me espía. Es como si la negra de Mallarmé, al hacerse con la niña, se fijara al mismo tiempo en el voyeur que observa la escena desde el resquicio de la puerta, y espiara así también la turbación del hombre. En pocas palabras, los voyeurs se han multiplicado: aunque espiara a Pascasie, el voyeur no sería yo, sino la misma Pascasie, que me espía mientras yo la espío. Efectivamente, ella insiste:

–¿Cómo hacen el amor la africana y la niña?

–Hacen un sesenta y nueve.

–¿Qué significa eso?

–Todo el mundo lo sabe, y tú también –replico yo, brutalmente.

Calla un momento, en absoluto desconcertada; luego vuelve a reír:

–¿De eso se trata? La verdad es que tú me escondes algo. Está claro que llevas una idea rondando en la cabeza.

–¿Qué idea?

Ríe otra vez, y me dice:

–Una idea que se te ha ocurrido leyendo el poema que habla de la africana. A lo mejor ya llevabas tiempo con eso metido en la cabeza, y cuando me viste asomada a la ventana decidiste llevar a cabo tu plan.

–¿De qué plan me hablas?

–Si no hubieras tenido un plan, no hubieses traído la máquina de hacer fotos. Ah, Dodo... Sé muy bien qué tipo eres.

Me felicito por haber intuido qué piensa de mí Pascasie, pero al mismo tiempo me siento molesto, pues su apreciación no es halagadora. Pregunto:

–¿Qué tipo sería yo, según tú?

Como ya había previsto, su respuesta coincide perfectamente con mis cálculos:

–Eres un voyeur, un pobre voyeur que anda por el mundo con su Polaroid colgada del cuello y quisiera fotografiar a una africana mientras hace el amor con una niña. Ah, mi querido Dodo, siempre pensé, al verte pasar, que eras un tipo raro, especial. Ahora he podido comprobarlo.

Curiosamente, aunque siga riendo, su mirada se mantiene seria y casi hostil. Me pregunto de dónde nace esta hostilidad. ¿Es la lucha del negro contra el blanco, del ignorante contra el culto, del pueblo contra la burguesía o acaso la de la hembra contra el macho? Puede que se trate de una mezcla de todos estos sentimientos. Para ganar tiempo, comento:

–Ten en cuenta que el poema de la africana no lo he escrito yo.

–Ya sé, pero tú quisieras fotografiarme mientras hago el amor con una niña.

Sus ojos se mueven en un vaivén continuo que escudriña mi rostro, como los rayos de un reflector en el campo por la noche. Recuerdo entonces que, gracias a mi intuición, tengo, como suele decirse, la sartén por el mango: no soy yo quien quiere mirar y fotografiar; es ella quien quisiera espiarme mientras yo miro y hago fotos. Replico pues con brusquedad:

–Yo sólo quería fotografiarte por la calle; fuiste tú quien me hizo subir a tu casa. –Callo un momento, y luego añado con fingida indiferencia–: Pero... ¿Tú te dejarías retratar?

Suelta una carcajada; evidentemente ya me ve metido en la trampa.

–¡Ya lo decía yo que eres un voyeur! –Luego añade en tono serio–: Vamos a ver: nada de sesenta y nueve con niña, mujeres u hombres, pero si quieres fotografiarme sola, aunque sea desnuda, no tengo nada que objetar. A fin de cuentas he sido modelo y éste es mi trabajo. Naturalmente me pagarás un tanto por la sesión.

–¿Qué postura prefieres?

Aparece de nuevo en el fondo de sus pupilas negras como el carbón la frialdad de la insidia.

–Si quieres, puedo ponerme como la africana de tu poema.

–Está desnuda, pero lleva puestos unos borceguíes.

–Yo sólo tengo unas botas. ¿Qué son los borceguíes?

–Es un tipo de calzado con botones o hebillas que se llevaba el siglo pasado.

–No tengo nada de ese estilo. Si te parece bien, me pondré las botas. Pero ¿cuál es la postura de la dichosa africana con botas de tu poema?

–Tiene las piernas abiertas.

–¡Y luego dices que no eres un voyeur!

–Yo no he dicho que quiera fotografiarte con las piernas abiertas; sólo comentaba que la africana del poema las tiene abiertas. –Continúa así la discusión sobre mi voyeurismo y el suyo, pero la cuestión ya está resuelta desde un principio: a cada voyeur corresponde un exhibicionista, y todo exhibicionista tiene su voyeur. Al final pregunto–: ¿Quieres que hagamos la foto aquí o en otro sitio?

–Vayamos a la habitación.

Se levanta y va abriéndome paso, plana delante, redonda atrás, con su cabecita imperiosa coronada de rizos, firme sobre el cuello bien torneado y fuerte.

Ahora estamos ya en el dormitorio; la cama de matrimonio es tan grande que ocupa casi todo el espacio, y sólo queda un estrecho pasillo para poder circular. Pascasie se acerca al cabezal y empieza a desnudarse lentamente, prenda tras prenda, observándome al mismo tiempo con una mirada fría y atenta, como para controlar mis reacciones. Yo, por mi parte, de pie al otro lado de la cama, hago alarde de mucho comedimiento y falta de interés, fingiendo ocuparme de la Polaroid.

Pascasie se quita el pantalón; por un momento tengo la sensación de que, bajo el pantalón blanco, lleva otro negro. El triángulo del pubis es de un negro distinto, menos luminoso, curiosamente pequeño y constreñido. Ella se mueve ahora por la habitación; dada la redondez de las nalgas bajo la profunda curva de la cintura, parece caminar siempre un poco inclinada hacia adelante. Se acerca al armario empotrado, lo abre y saca unas botas. Un ademán mío la detiene:

–No, las botas no.

Se vuelve, algo decepcionada.

–¿Cómo quieres que me ponga, entonces?

–Te retrataré como la Olimpia de Manet, un contemporáneo del poeta que escribió el poema de la africana. También en el lienzo de Manet hay una africana, la doncella de Olimpia, que se lleva al pecho un ramo de flores. Pero esta vez tú serás Olimpia.

–¿Quién es Olimpia?

–Una hermosa mujer blanca.

Sin decir palabra, se tiende en la cama como si fuera una Venus del Tiziano. El pecho pequeño y el vientre prominente en cierto modo me recuerdan a la mujer del Renacimiento. Me mira, y vuelvo a encontrar en sus ojos la curiosidad fría e indiscreta que es propia del voyeur: en realidad, mientras se exhibe, espía en mí una posible turbación provocada por esta exhibición. De repente le pregunto:

–¿Por qué me miras?

–Aquí el que mira eres tú.

–Entonces digamos que nos miramos el uno al otro.

–Eso es. Ahora dime cómo quieres que me ponga –replica ella, riendo.

–Como Olimpia; espera, ya me ocupo yo de eso. –Me acerco, y con ademanes discretos dispongo su cuerpo, recreando la postura de Olimpia: el busto sostenido por unos cojines, el brazo doblado y una mano en el regazo. Añado bromeando–: Ahora sólo falta ahí detrás una camarera blanca con un ramo de flores.

–Pero ¿la africana de tu poema no tenía acaso las piernas abiertas?

Al decir eso empieza a mover las piernas, y me doy cuenta de que, con tal de verme metido en la trampa, ella sería capaz de exhibirse ahora contra mi propia voluntad, mostrándome la dichosa «concha pálida y rosa» de Mallarmé. Fotografiar a Pascasie en la misma postura que la negra de Mallarmé significaría llevar a la práctica mi teoría en torno a la compulsión admirativa en el arte. Sin embargo, al final, por desgracia, acabaríamos los dos desnudos, ella en el cuerpo y yo en el alma. Por eso contesto secamente:

–Olvídate del poema. Ahora estoy inspirándome en el cuadro de Manet.

No parece estar satisfecha, pero calla. Levanto la Polaroid, enfoco y fotografío. Saco luego la hoja de revelado y mientras voy moviéndola de un lado para otro en el aire, le comento:

–Eso es todo. No necesito nada más.

Ella me mira y no parece del todo convencida; al final me dice:

–Ha habido un momento, Dodo, en que tú has cambiado de idea. ¿Por qué?

Comprendo que le debo una explicación:

–No he cambiado de idea. Es posible que por un momento tuviera la tentación de retratarte en la misma postura que la africana del poema, pero la foto hubiera debido ser igual a la de un objeto cualquiera... un vaso, por ejemplo, una rosa o una manzana. En cambio, me di cuenta de que tú te disponías a mirarme mientras yo te retrataba; en otras palabras, descubrí que querías divertirte a costa mía con el espectáculo de mi supuesta curiosidad. Entonces decidí que era mejor no continuar.

Pascasie me mira, intentando desentrañar el significado de mis palabras. Luego por lo visto capta la idea, porque de repente vuelve a su risa alegre y falsa al mismo tiempo.

–¡Qué inteligente eres, Dodo! Estoy segura de que eres un tremendo voyeur, pero además eres un tipo muy, pero que muy inteligente, y a mí me encantan los hombres inteligentes.

Yo no rechisto. Saco la cartera del bolsillo, cojo un billete y lo pongo encima de la mesita de noche. Aún con la risa en los labios, Pascasie agarra el billete y me lo devuelve.

–No ha sido una sesión completa, sino una simple instantánea. Toma, guarda tu dinero, dame un beso, y que no se hable más del asunto. En resumidas cuentas, yo siento curiosidad por ti y tú por mí.

Me libero con dificultad de su impetuoso abrazo, y comento:

–Entonces, quédate al menos con la foto.

–Ah, tienes miedo de que tu mujer la encuentre, ¿verdad?

–Mi mujer no es celosa –contesto yo, con repentina amargura.

–¿Y tú?

–Yo sí.

–Pues celebro haberte conocido. ¿Volverás a verme?

–Claro que sí; dentro de unos días.

Retorno ahora a mi paseo, y noto la misma sensación de alivio que sentía en los tiempos del colegio, tras haber superado a duras penas un difícil examen.

III

LAS BROMAS DEL DESTINO

Estoy en el restaurante chino, esperando a Silvia. Ya es la tercera vez que nos vemos después de eso que yo me empeño en llamar su fuga, aunque ella niegue haber huido y yo mismo no logre comprender el porqué de esa decisión. Con el paso de los días, mi gran afán por saber la verdad se ha ido apagando ante las dulces pero obstinadas evasivas de Silvia, y me he convencido de que hará falta mucho tiempo para descubrir qué se escondía tras su idea de irse de casa y «reflexionar sobre la situación».

Así que nuestra relación se parece mucho ahora a la de un inquisidor y un testigo misteriosamente reticente; todo lo demás, inclusive el amor, parece depender ya únicamente del éxito que yo alcance en la búsqueda de una posible verdad, pues es probable que las verdades sean muchas, equivalentes e intercambiables. Mientras tanto, sin embargo, he rechazado la propuesta algo cínica de mi mujer, que pretendía hacer el amor en casa de su tía cuando ella estaba fuera. A Silvia le sorprendió mi rechazo, y quiso saber, extrañamente dolida, si ya no la quería. Le dije que, al contrario, la amaba más que nunca, y que justamente por eso no me acostaría con ella antes de haber averiguado el misterio de su fuga. Se limitó entonces a encogerse de hombros, replicando que no había nada que saber y que tampoco era necesario hablar de misterios y de fugas.

Ahí viene. Abre la puerta y entra, acompañada por el largo tintinear del carillón. Pasa con desenvoltura entre las mesas y se dirige hacia mí. Realmente parece una mujer tranquila y serena, que puede permitirse el lujo de llegar tarde a la cita con un viejo amigo. Efectivamente, lleva unos veinte minutos de retraso y me pide disculpas, apurada pero en el fondo indiferente. La miro mientras se sienta. Las solapas forradas de pelo del chaquetón de cuero entorpecen su figura y la hacen más gruesa; sin embargo, por encima de las solapas destaca el cuello delgado y el óvalo alargado del rostro. Pienso, como muchas otras veces en el pasado, que sus ojos grises y quietos, su nariz de aletas estrechas y la expresión melancólica de su boca me recuerdan a una virgen primitiva, y la espontaneidad repetitiva de este símil me alegra, pues demuestra que entre ella y yo nada ha cambiado, que mi amor sigue siendo el mismo, un amor que en la intimidad, cuando ella domina mi cuerpo y lo agota con el vaivén imperioso aunque imperceptible de sus caderas, me lleva a mirarla desde abajo con devoción, como se mira una imagen sagrada. ¿Y entonces? ¿Seré capaz, aunque mis sentimientos no hayan cambiado, de mantenerme frío y perspicaz en la búsqueda de la verdad, fuere cual fuere?

Silvia ya se ha quitado el chaquetón y lo ha colgado de la silla; ahora se pone las gafas y mira el menú. De repente le digo con irrefrenable precipitación:

–Oye, Silvia, creo que tú y yo hoy tendríamos que hablar.

Deja de lado el menú y contesta sorprendida:

–¡Pero si nunca hemos dejado de hablar! Siempre que nos vemos aquí no hacemos otra cosa.

–Quizá no me he explicado bien. Cuando digo eso, me refiero a tu huida –rectifico yo.

–Pues yo no he huido, y además también hemos hablado ya de mi... cambio de domicilio, por llamarlo de alguna forma. Te lo he dicho muchas veces: es como si me hubiera ido un tiempo a Grosseto a ver a mis padres.

De repente me pongo nervioso:

–No es lo mismo, y tú lo sabes mejor que yo.

Tras examinar la carta, Silvia ha escogido pollo con almendras, su plato preferido, y avisa al camarero. Luego se quita las gafas y me dirige por un momento una mirada vagamente interrogante de miope:

–De acuerdo, hablemos. ¿Qué quieres decirme?

–Estoy seguro de que el motivo, relativamente lógico, de tu dichoso cambio de domicilio es el problema de la casa.

En seguida repite, muy sorprendida:

–¿El problema de la casa? ¿Qué problema?

Replico con impaciencia:

–Tú misma lo dijiste: el problema de la casa «sólo nuestra».

Al contestar, sus palabras llegan lentas pero firmes:

–El problema de una casa nuestra no tiene nada que ver con eso que tú llamas fuga; sencillamente, quiero reflexionar.

–¿Sobre qué quieres reflexionar?

–Sobre mi vida.

–¿Y no podías reflexionar sin marcharte de casa?

–No, quiero hacerlo fuera de casa, sin ti.

–¿Tan especial es tu vida que necesitas estar lejos de casa para pensar?

–No.

–Entonces, ¿por qué no te quedaste?

–Por Dios, Dodo; no me hagas repetir cien veces las cosas: no me quedé porque necesitaba reflexionar yo sola sobre mi vida.

–¿Sola?

–Sí.

Hago entonces una objeción:

–Quizá no te des cuenta de ello, pero hay cosas que actúan en el subconsciente. Está claro que ese maldito asunto de la casa está cavando, digamos, un abismo cada vez más profundo entre nosotros.

Contesta con negligente crudeza:

–Francamente, no me lo parece. Incluso te propuse hacer el amor en casa de mi tía cuando ella se iba al despacho...

–Yo quiero hacer el amor, pero en mi casa.

–Eso sí que no puede ser.
–¿Por qué no?
–Porque más me valdría entonces volver a tu casa para siempre, ¿no te parece?
–¡Ya lo decía yo que en el fondo nuestra crisis no es más que un problema de vivienda!
–Vamos a ver, Dodo: ¿sabes de alguien que no desee una casa propia? ¿Hay acaso alguna familia que no disponga de un piso? Sin embargo, eso no quiere decir que yo me fuera aquella mañana por culpa de la casa.
Constato a mi vez:
–De alguna forma, entonces, me estás diciendo que la razón de tu fuga es otra.
–Yo no me fugé, y te pido una vez más que no utilices esa palabra. De verdad, no te engaño: quiero estar un poco por mi cuenta y pensar. –Calla un momento, y luego añade–: Pero tú no tienes nada que ver con estas reflexiones mías.
–Muchas gracias.
Me tiende la mano por encima de la mesa y dice:
–Anda, no seas niño.
El contacto de su mano inevitablemente me conmueve. Le pregunto:
–¿Tú me quieres?
No dice nada, pero me contempla con tan afligida compasión que me falta valor para exigir una respuesta, y me limito a mirar su mano. Es una mano preciosa, distinta del cuerpo y parecida al rostro: larga, delgada, lisa, llena de una espiritualidad incierta, casi temerosa de sí misma. La observo con la atención de un naturalista que hubiera recogido una gran estrella de mar en la playa y examinara ahora los tentáculos del animal que apenas se mueve, buscando instintivamente el agua profunda donde nadaba hace poco.
Con la misma vitalidad a la vez consciente e instintiva, los largos y delicados dedos de Silvia están posados sobre la mesa, buscando, sin que ella lo sepa, la postura más agraciada. Veo esa misma mano tan espiritual juntar las puntas

del pulgar y el índice y rodear mi miembro sin apretarlo, sin rozarlo siquiera, para rectificar dulcemente su inclinación antes de acercar la boca. Me doy cuenta entonces de que el supuesto contraste entre la espiritualidad de los dedos y su prestación erótica sólo es una ilusión mía; lo más probable es que no haya ni espiritualidad ni erotismo, sino una única fuerza vital instintiva, capaz de revelarse de las dos formas simultáneamente. Ya no me resulta tan difícil ahora comprender las ambiguas sensaciones que Silvia despierta en mí: sí, ella es al mismo tiempo la virgen primitiva y la amante insaciable, pero nunca una u otra solamente.

Siguiendo el hilo de mis pensamientos, me esfuerzo por reanudar al fin la conversación:

–¿Sabes qué significa la palabra destino?

–Eso lo sabe todo el mundo.

–¿Qué es, según tú?

–Por Dios, Dodo, no me tomes el pelo. El destino es... el destino.

–¿Es decir?

Reflexiona y luego responde:

–Algo que nos llega de fuera, que no depende de nosotros y que nos arrastra. La guerra, por ejemplo.

–Eso es. Pues verás: llega la contestación, el sesenta y ocho, y yo, como tú muy bien has dicho, me dejo arrastrar. ¡El destino!

–¿Qué tiene que ver el destino? Tú respetaste ese compromiso libremente, por voluntad propia.

–Un momento; en mi caso el sesenta y ocho no fue más que parte de ese destino. Ahora viene el resto: te conocí, me enamoré de ti, y fue entonces cuando se cerró el círculo.

–¿En qué sentido?

–En el sesenta y ocho hice algo de lo que tuve que arrepentirme quince años después, cuando nos casamos.

–¿Qué hiciste?

–Yo tenía un apartamento en nuestro edificio. En señal de protesta contra mi padre y contra todo lo que él representa para mí, renuncié al piso y se lo dejé. En pocas palabras, no conté contigo ni con tus ganas de independencia: ¡el destino!

–Nunca me has hablado de ese piso; siempre dijiste que no tenías nada tuyo –contesta ella, sorprendida.

–Efectivamente, no hay nada que sea mío desde el sesenta y ocho.

–¿Cómo es que tenías ese apartamento?

–Me lo dejó mi madre en herencia.

Acto seguido, Silvia replica:

–Comprendo, pero hay algo que no cuadra. Ya que te rebelabas contra tu padre y le dejaste el piso, ¿por qué seguiste viviendo con él?

Me es difícil explicarle que el quedarme a vivir con mi padre fue un acto más de rebeldía: a veces el odio es tan pegadizo como el amor. Contesto cabizbajo:

–No lo sé. Probablemente el hecho mismo de verme obligado a depender de él forma parte de mi destino. –Callo un momento y luego añado–: Después de lo que te he contado, está claro que yo, para bien o para mal, ya había decidido cuál sería mi vida, pero luego apareciste tú, y todo se fue a hacer gárgaras. Resumiendo, tengo que enfrentarme a dos exigencias, ambas justas y sin embargo contradictorias: es justo que tú quieras tener casa propia, pero también es justo que yo quiera permanecer fiel a determinados principios.

–¿Principios o resentimientos?

–Principios y resentimientos.

Al cabo de un rato Silvia retoma la conversación:

–No creo que haya ninguna contradicción entre el deseo de vivir en una casa propia y aquello que tú llamas tus «principios», aunque a mí me parezcan más que nada resentimientos. Bien mirado, es un problema simple que puedes resolver sencillamente.

–¿Cómo?

–Pues pidiéndole a tu padre que te restituya el apartamento.

–No; olvídate de eso.

–¿Por qué no?

–Porque significaría reconocer que he sido derrotado.

–¿Y por quién?

–Por mi padre o, mejor dicho, por todo lo que él tan bien representa.

–No creo que él lo vea así. Tu padre te quiere, y sólo pensaría que necesitas el piso, nada más.

–¡Poco me importa lo que él piense! Lo que sí me importa son mis sentimientos.

Silvia calla por un instante, y luego replica con repentina y exasperante objetividad:

–Hablemos claro: yo estoy de acuerdo contigo. Ya que sientes tanta antipatía por tu padre, no debes pedirle que te ayude; sería poco digno.

–Muy bien. Sin embargo, tú no renuncias a la idea de tener casa propia. ¡Eso es lo que yo llamo destino! –exclamo yo, irritado.

Tras mirarme un largo rato, por fin dice:

–No niego que el destino tenga algo que ver en el asunto, pero puedo asegurarte que no hay ninguna relación entre el problema de la casa y el hecho de haberme marchado.

Nos miramos. De repente, tengo la desconcertante sensación de estar persiguiendo una mariposa que revolotea en el aire y por fin se posa, pero cuando estoy a punto de agarrarla reemprende el vuelo. Sin reflexionar, casi instintivamente, le digo:

–Entonces tengo que deducir que te fuiste por culpa de mi padre.

–¿Qué tiene que ver tu padre? –me pregunta sorprendida.

–No lo aguantas ya, no quieres vivir con él.

Me contradice con un gesto de la cabeza:

–Al contrario; en cierto modo tu padre me fascina. Además, fui alumna suya y le conocí antes que a ti. Quien de verdad no lo aguanta eres tú. –Volvemos a mirarnos. Silvia añade con dulzura–: Convéncete, Dodo: yo no tengo absolutamente nada en contra de tu padre.

–Entonces tengo que admitir que...

–¿Qué?

–Que ya no me quieres, que te fuiste para no tener que acostarte conmigo.

–¡Si incluso llegué a proponerte que hiciéramos el amor en casa de mi tía!

–Sabías que me negaría.

–¿Qué más? –me pregunta, tras un rato de silencio.

El tono casi burocrático de la pregunta me enfurece. La miro con un sentimiento de profunda frustración, y de repente pienso que no es una simple mariposa lo que se me está escapando de las manos, sino la vida entera. Le digo con voz alterada:

–Si no quieres explicarme por qué te has ido, entonces ¿a qué vienes aquí? ¿Por qué seguimos viéndonos? –Me doy cuenta de que estoy levantando la voz en el silencio del restaurante casi desierto. Silvia calla y me mira, pero su peculiar expresión de piedad contemplativa ahora me exaspera, y exclamo–: ¿Quieres hacerme el favor de hablar?

Al mismo tiempo agarro con las dos manos el plato de fina porcelana con grandes flores doradas y lo estrello con un golpe seco sobre la superficie laqueada de la mesa. El plato se parte justo por la mitad: me quedo con un trozo en la mano derecha y el otro en la izquierda. Llega en ese momento el camarero con el menú que habíamos pedido; al ver el plato roto cree que estoy protestando por la lentitud del servicio y se deshace en excusas. Sigue entonces una escena muy confusa: el camarero pide disculpas; Silvia, desconcertada, se levanta y se dirige con paso firme hacia la puerta; yo, desesperado, ciego de dolor, corro tras ella.

Silvia ha salido ya del restaurante; estamos los dos en la acera y sentimos en el rostro el impetuoso viento primaveral que parece unirse a nuestro sufrimiento.

–Silvia, tú no puedes hacerme esto –le digo gritando y agarrándola de un brazo.

Al apretar su brazo bien torneado y fuerte, deseo poseerla nuevamente; además, estoy seguro de que ahora ella querrá apartarse de mí, pero me equivoco. Al contrario, se vuelve, me mira sin rencor y me dice dulcemente:

–Como sigas portándote así, no volverás a verme.

–Anda, por Dios, volvamos adentro.

De modo que entramos nuevamente en el restaurante, acompañados por las reverencias del dueño, quien sin duda está convencido, igual que el camarero, de que Silvia se ha ido a la calle en señal de protesta por la calidad del servicio.

Nos sentamos; el camarero se lleva el plato roto y empezamos a comer, moviendo los palillos en silencio y cabizbajos.

Al cabo de un rato dejo los palillos y comento:

–A lo mejor no te fuiste por culpa de la casa, pero yo actuaré como si así fuera. Por lo tanto, te prometo que a partir de ahora haré todo lo que pueda para que tengas un piso tuyo. ¿Estás de acuerdo?

La miro con insistencia, pero no rechista. Después de un momento agarra un grano de arroz con los palillos, y mientras lo observa, contesta con voz pausada:

–No estoy de acuerdo, pero tanto da. Lo importante es que no hablemos más del asunto.

IV

PADRE E HIJO

Hace días ya que la anciana enfermera Rita ha pedido ser sustituida por Fausta, una sobrina suya que, aun sin tener el diploma de enfermera, puede cumplir igualmente con las tareas del cuidado de mi padre, que se ha restablecido casi por completo. Esta mañana, tras bajar al quiosco de la calle a comprar los periódicos, vuelvo y no encuentro a Fausta en la cocina oscura y desierta. Me siento entonces al lado de la ventana y espero.

Al poco rato entra la chica; lleva una bolsa con los vasitos de yogur de mi padre. Me saluda algo bruscamente, pone los vasitos en la nevera e intenta luego poner en funcionamiento el fogón. Le pregunto:

–¿Ya está despierto mi padre?

–¡Y tan despierto! –me contesta.

Por sus bruscos ademanes y por el tono seco de su respuesta, deduzco que tendría que preguntarle el motivo de su malhumor, de modo que, aun sin mostrar especial interés, insinúo:

–¿Qué es eso de «...Y tan despierto»?

–Pues que está más que despierto.

–¿Se puede estar más que despierto?

–¡Y tanto que sí!

Por un momento callo y la observo. El tono displicente y alusivo de las palabras de Fausta hace que me la mire como si no la hubiera visto nunca, acaso también porque hasta el día de hoy la chica se había limitado a cumplir escrupulosamente con su deber, sin mostrar ninguna participación afectiva en el trabajo.

Fausta es pequeña pero de perfectas proporciones, de manera que, aun respetando las proporciones, podemos considerarla una mujer con carnes. Lleva el pelo muy corto y de cara parece un chico; con ese aire suyo traidor y ambiguo, incluso me recuerda a un joven del hampa: ojos negros, de mirada dulce y socarrona; nariz corta, casi chata; boca carnosa de expresión desafiante. El jersey rojo se le abulta a la altura del pecho, perfilando sus formas exuberantes, y los tejanos, ceñidos a más no poder, hacen resaltar las curvas gemelas de las nalgas. Lleva cosido en la nalga izquierda un corazón de tela roja, y un pañuelo amarillo atado al cuello. Por fin me decido a preguntar:

–Fausta... ¿Qué pasa con mi padre esta mañana?

Finge estar contemplando, con mímica elocuencia, la cafetera que hierve encima del fogón:

–Yo sé muy bien qué pasa.

–Entonces, dígalo.

–Dejémoslo; es demasiado complicado.

Se vuelve y sigue refunfuñando ante el fogón. Ha llegado la hora de ir por la vía rápida: me levanto de la mesa, me acerco a ella, la agarro por los hombros, le doy la vuelta y le espeto en la cara:

–¿Quieres hacer el favor de decirme ahora mismo qué te ronda por la cabeza?

Compruebo sorprendido que esta vez no se hace rogar, quizá también porque, al querer dar más fuerza a mi pregunta, la he tuteado. Me dice resuelta y tranquila:

–Usted recordará muy bien que al principio, cuando estaba la tía Rita, del aseo de su padre se ocupaba un enfermero que venía a las ocho y media y se quedaba aquí una hora. Su padre sufría mucho entonces, y era necesario un enfermero sólo para el aseo. Las cosas siguieron igual también después de que se marchara la tía Rita, hasta que un buen día su padre lo cambió todo: despidió al enfermero y dispuso que a partir de entonces yo me ocuparía del aseo. ¿Por qué cree usted que tomó esa decisión?

–Porque probablemente se encontraba mejor y ya no tenía necesidad de un asistente –contesto yo, algo azorado. Ella en seguida replica:

–Pero el acuerdo conmigo era que el aseo no era de mi incumbencia, y que debía limitarme a asistirle durante el día. Yo ya dije desde un principio que no quería ocuparme del aseo, y cuando hablo de eso no me refiero sólo al hecho de tener que lavarle, afeitarle y cambiarle el pijama, sino también al asunto del bacín y todo lo demás.

Le hago notar que su tía, antes, se ocupaba de esas tareas; ella va y dice:

–Si lo hacía sería porque a ella no le pedía nada más.

Empiezo a comprender, pero disimulo:

–¿Qué iba a pedirle?

Me contesta en tono condescendiente:

–A ver si me explico: según como fueran las cosas, a mí no me hubiera importado lo del aseo, pero la cuestión es que si él ha despedido al asistente y quiere que yo lo lave, lo afeite, le cambie el pijama y le lleve incluso el bacín, no es porque yo sea la enfermera, sino porque... porque soy yo.

Ahora ya no puedo seguir disimulando, porque Fausta me mira con su cara de niña lista y me guiña el ojo. Digo:

–¿Así que...?

–Pues sí, señor. –Por un momento calla; luego, mientras saca la cafetera del fuego y va colocando el yogur, la mantequilla y la miel en una bandeja, añade–: Ahora vaya usted a llevarle el desayuno, pero cuando yo entre a ponerle la inyección, fíjese bien en cómo van las cosas.

–¿Qué cosas?

–Llamémosle el truco de la inyección.

–¿Qué truco?

Se vuelve de nuevo y me espeta:

–¿No se ha dado cuenta de que cuando voy a ponerle la inyección, su padre le pide a usted que salga del estudio?

¿Y por qué razón tendría usted que marcharse? Pues porque él quiere quedarse a solas conmigo. ¿Me comprende ahora?

No sé por qué, pero el tono alusivo de Fausta me irrita; le digo:

–No, no entiendo nada.

–¿Qué hace una enfermera antes de poner la inyección o durante el aseo? Frota el cuerpo del enfermo con las manos o le ayuda a desnudarse, usando siempre las manos, ¿estamos? Pues él quiere que yo le toque con las dichosas manos también aquellas partes que no lo necesitan para nada, ¿estamos?

–¿No eres capaz de hacerle entender que eso no se hace? –replico yo con decisión. Ella se encoge de hombros y comenta:

–Es como hablarle a un sordo. Si sólo hubieran sido una o dos veces, alabado sea Dios, pero él no se da por vencido: si no es la inyección es el masaje con la esponja, o si no el vaso de agua por la noche. Incluso lo intenta cuando voy y vengo con el bacín.

Me siento humillado por estas quejas, y a la vez me humilla el hecho de sentirme humillado. Le contesto en tono indiferente y frío:

–Lo siento; si quieres marcharte, la puerta está abierta. Ya buscaremos a otra enfermera.

Sorprendentemente, mueve la cabeza en un gesto de negación; luego me dice con repentina dulzura:

–No, no quiero marcharme. Sólo pretendía que lo supiera. Usted siempre se escabulle y ni siquiera me dirige una mirada; quería que se diera cuenta de que hago todo lo que puedo por su padre.

Estas palabras, pronunciadas en un tono de falsa timidez, me recuerdan otras frases parecidas, pero ¿cuáles? Ah sí, fue lo que me dijo Pascasie, la africana, desde su ventana en el paseo: «Tú vas a lo tuyo, nunca me miras.» Por lo visto, digo yo, y al decirlo, aunque sea para mis adentros, me siento menos humillado, menos hijo de padre indigno, por lo visto no puede uno hacer su vida sin despertar la curiosidad, siempre tan avispada, de las mujeres. Bajo ahora la mirada hacia la mano de Fausta que va disponiendo una a una las tostadas en un plato. Es una mano extrañamente grande para una persona tan pequeña, una mano suave y carnal, con los dedos un poco hinchados y las uñas anchas y ovaladas, pintadas de rojo oscuro, casi negro. Está claro que no son las manos siempre inevitablemente estropeadas de una enfermera profesional. Le pregunto:

–¿Cuántos años tienes?

–Veintidós,

–¿Cuánto tiempo hace que trabajas de enfermera?

Me mira con cierto aire azorado, sincero y falso a la vez:

–A decir verdad, ésta es la primera vez, pero durante dos años cuidé a mi tío, el marido de tía Rita, que también tiene un problema de piernas, como su padre. La diferencia está en que su padre se curará, y en cambio la enfermedad de mi tío es crónica. Cuando mi tía me propuso sustituirle acepté porque ya me veía capaz de llevar adelante el trabajo.

–¿A qué te dedicabas antes de hacer de enfermera?

–Trabajé durante dos años con mi novio, que era fotógrafo. Vivíamos juntos y yo le ayudaba; incluso íbamos a casarnos, pero luego nos separamos y entonces, como no quería volver a casa de mi padre, me fui a vivir con mi tía, y ella me enseñó el oficio.

La bandeja ya está preparada. Me levanto y la agarro con las dos manos, pero Fausta me detiene:

–Prométame, por favor, que no le dirá nada a su padre.

–No pensaba hacerlo.

–Es que, verá..., es una gran persona y hay que perdonarle ciertos puntos flacos. Y además ya le tengo cariño, y no quisiera que se ofendiese.

De repente veo brillar en sus ojos una chispa de bondad sincera y apasionada, algo imprevisto y desconcertante para mí. Le comento, algo sorprendido:

–Tranquila, no diré nada.

Sin embargo, ella pretende aprovecharse de la situación para llegar a un mayor grado de intimidad conmigo. Insiste:

–Ya se lo he repetido muchas veces a su padre; si es para hacerle un favor, yo estoy incluso dispuesta a sacrificarme, pero quiero que sepa que no siento nada por él, nada de nada.

La curiosidad me lleva a hacer otras preguntas:

–¿Y él qué dice?

Fausta se encoge de hombros:

–Oh, a él no le importa lo que yo sienta. Él quiere lo que quiere... y punto.

–¿Y no se echa atrás cuando le dices que no te apetece?

–Él nunca se echa atrás. Es dulce, amable, cariñoso como un padre, pero en el fondo es muy cabezón; sabe lo que quiere y lo exige, cueste lo que cueste. Según él, con el tiempo yo entraré en razón.

–Ya entiendo, pero ahora tengo que ir a llevarle el desayuno –replico yo, brevemente.

Agarro la bandeja y me dirijo hacia la puerta. Ella añade, con aire de complicidad:

–Dentro de nada voy yo a ponerle la inyección.

Me meto por el pasillo sin contestar. Al recorrer el tortuoso túnel que une los dos extremos del piso, como siempre tengo una ligera pero clara sensación de angustia, quizá porque, hasta hace poco, la presencia concreta del pasillo simbolizaba nuestra dependencia, de Silvia y mía, de mi padre, es decir, la falta de una casa que fuera «sólo nuestra», o acaso porque las estanterías llenas de libros que cubren el pasillo me hablan del pasado de mi padre. Más que hablar de su pasado, tendría que referirme a su cultura, si es que puede llamársele cultura a ese cúmulo de volúmenes viejos y ajados, amontonados sin otro orden que el dictado de la moda y los estímulos del momento. Desde luego no me refiero a los textos científicos, que mi padre guarda, bien alineados y encuadernados, en su librería estilo Imperio detrás de la mesa del estudio; estoy hablando de aquellos libros de literatura varia, que, teniendo en cuenta el carácter ecléctico de sus lecturas, podríamos llamar de evasión, que le han ido interesando a lo largo de los años. Son novelas ahora olvidadas, pero muy conocidas en su día, algunos clásicos de siempre, y unos cuantos textos de filosofía e historia. En una estantería se acumulan los enormes volúmenes de un par de enciclopedias sin actualidad alguna; en otra, unos viejos álbumes de arte, grandes y pequeños. Estoy seguro de que estos libros tienen por lo menos unos veinte años. Por lo visto, en un determinado momento de su vida, mi padre dejó de interesarse por las lecturas de evasión y decidió limitarse a los textos profesionales. También es posible que comprara libros por el mero hecho de tenerlos, pensando acaso leerlos en un futuro hipotético que nunca se hizo realidad; pienso, por ejemplo, en determinados textos casi inevitables, como la obra completa de Proust, de cuya integridad virgen y enmohecida me complazco, algo cruelmente, cada vez que cruzo el pasillo. ¡Lástima! La mente de mi padre fue joven un día, pero aquellos libros hoy son un testimonio de su vejez.

Doy un puntapié a la puerta entreabierta. Ahí está mi padre, sentado en la cama con dos almohadas detrás de la espalda, afeitado, peinado, y con su pijama azul a rayas celestes recién planchado. Viéndole tan acicalado y limpio, no puedo por menos de pensar en Fausta y en sus acusaciones. Quién sabe cuántas veces él habrá intentado, hace un instante, justo a la hora del aseo, arrancarle alguna caricia. Mi padre responde a mi saludo sin volverse: está mirando algo que le interesa a través de los cristales de la ventana que se abre sobre los tejados de la ciudad; de repente se gira y comenta:

–¡Por fin, ya lo tiene!

–¿De qué estás hablando? –le pregunto, empujando la mesa de ruedas hacia la cama.

–De un gato rojo, que estaba al acecho, intentando cazar un pobre pajarito, y justo en el momento de entrar tú ha pegado un brinco y lo ha agarrado. ¡Qué paciencia! Llevaba como mínimo un cuarto de hora esperando.

Mi padre es un hombre de rostro severo y voz dulce. El pelo blanco, brillante como la plata y un poco largo ya, enmarca su rostro, de un intenso color rojo. Unas tupidas cejas, negras como el carbón, adornan sus ojos claros. La nariz es curva, imperiosa; la boca carnosa y fiera. Sin embargo, bajo esta apariencia enérgica y relativamente juvenil, los años se revelan en los pliegues y arrugas de la piel del cuello.

Le pregunto:

–¿Qué dijo el médico anoche?

–Dijo que tengo que intentar levantarme y caminar.

–¿Y entonces?

–Dentro de unos días el fisioterapeuta me traerá las muletas canadienses y lo intentaré.

Habla con voz resignada e irónica. Ahora ya tiene ante sí la pequeña mesa con la bandeja del desayuno. Antes se sirve el café, luego coge el vasito de yogur, lo abre y empieza a comer. Miro a mi padre y me pregunto si lo odio. Estoy convencido de que a un individuo se le odia sobre todo viéndole comer, pues el nutrirse es una acción egoísta por excelencia, unida a las necesidades más inmediatas. Pero la verdad es que no le odio, no consigo odiarle; mi padre es un hombre demasiado bien educado y, como todo el mundo sabe, incluso el espíritu cristiano se forma a partir de la buena educación. Seguramente él disfruta del sabor fresco y un tanto ácido del yogur, de la blanda delicadeza de la mantequilla, del gusto dulce y estimulante de la miel, pero está claro que no quiere mostrar su satisfacción. No es un hombre que come: es un profesor de Universidad que se nutre con discreción, con calma, con indiferencia. Así que me es imposible sentir odio hacia él; sólo puedo pensar en lo difícil que resulta odiarle.

Mi padre ya ha acabado de desayunar. Empuja ligeramente la mesa, coge uno de los periódicos y lo abre. Sin embargo, debe de haber algo que le molesta, que le impide concentrarse en la lectura, porque de repente me pregunta:

–¿No piensas ir a la Facultad hoy?

Como a menudo sucede cuando se tiene una gran preocupación, mi respuesta no es premeditada, pero de alguna forma las palabras pugnan por salir:

–Hoy empiezo las clases más tarde. Aprovecharé para quedarme un poco contigo.

–Gracias.

¿Por qué quiero aprovechar este retraso en los horarios de clase para estar con mi padre? Hace un momento ni lo pensaba, ni lo deseaba. Continúo improvisando:

–No me des las gracias. Me quedo por un motivo que acaso no te guste: quisiera hablar contigo.

–¿Hablar conmigo? ¿De qué?

Mientras tanto yo he descubierto por fin qué quería decirle. Está claro: quisiera hablarle de Silvia y de su afán por tener una casa «sólo para ella». Contesto ambiguamente:

–De algo muy importante, al menos para mí.

Esta vez vuelve la cabeza y me observa; luego comenta con imprevista benevolencia paterna:

–Si es importante para ti, entonces lo será también para mí. A ver, ¿de qué se trata?

De repente siento que la timidez me vence. Nunca me siento tímido cuando sé que tengo razón; eso sólo me pasa cuando no estoy convencido de lo que digo, como por ejemplo ahora. El hecho de haberme pasado los últimos quince años de mi vida rechazando todo lo que mi padre, según yo, representa, me hace sentir irremediablemente culpable a la hora de recurrir a él para resolver mi crisis familiar. Soñé durante quince años con vivir en la renuncia y en el rechazo, y ahora de repente me despierto del sueño con la intención de aceptar todo aquello que en su día rechacé y aparté de mi vida.

Mientras voy dándole vueltas a estas ideas, o, mejor dicho, a estas sensaciones desagradables y represivas, veo por casualidad un libro que está encima de la cama de mi padre. Es un texto sobre los efectos de la guerra atómica, y hace días casi le obligué a que lo leyese, no obstante él dijera que no le interesaba. Mi insuperable timidez me lleva de pronto a pensar que para mí en este momento el tema de la amenaza nuclear es casi tan importante como el asunto de la fuga de Silvia. Contento por haber conseguido escurrir el bulto de forma tan natural, pregunto:

–¿Has empezado ya a leer este libro?

Mi padre, algo sorprendido, echa una mirada distraída al volumen y contesta:

–Para ser sincero, todavía no. ¿De qué cuestión tan importante querías hablarme?

Señalo el volumen con cierto embarazo:

–Es que yo quería hablarte del libro.

–Pues ni siquiera lo he abierto.

–No se trata de este texto en particular, sino de la cuestión atómica. Quisiera hacerte algunas preguntas.

¿Acaso mi padre temía que quisiera hablarle de otra cosa? A lo mejor sí. Desde luego, ahora parece más tranquilo. Contesta benévolo:

–Parece mentira; hace años, cuando estas cosas todavía me interesaban, no querías saber nada, y ahora que ya he dejado de lado el tema, tú empiezas a hacer preguntas.

–No voy a pedirte datos científicos –le digo–; me gustaría hablar de los aspectos llamémosles... humanos de la cuestión.

–¿Humanos?

–Sí; quisiera preguntarte algo sobre esas personas que llevaron a cabo los experimentos para la fabricación de las armas nucleares.

Mi interés por plantear la cuestión directamente y con intención de personalizar, sorprende a mi padre, que no esperaba empezar así la charla. Me contesta con cierta agresividad, aunque en son de broma:

–¿Qué te ha hecho esa gente? No hay mucho que decir de ellos; eran todos personas decentes, que creían en lo que hacían, y que sólo hacían aquello en lo que creían.

–No dudo de que fueran personas decentes, como tú dices, pero lo que me interesa es que, aun siendo personas tan distintas una de otra –¿hay, por ejemplo, alguien más distinto de Fermi que Oppenheimer?– todos tuvieron un rasgo en común –comento yo, algo precavido.

–Ya lo creo, todos eran hombres de ciencia.

–No estoy hablando de sus características profesionales –apunto–, sino de un rasgo psicológico, por llamarlo de alguna manera.

Mi padre vuelve a abrir el periódico; acaso este gesto sirva para darme a entender que, si bien no rechaza el diálogo, el argumento no le interesa. Me pregunta distraídamente, ojeando los titulares:

–¿Qué rasgo?

–No sabría cómo definirlo. Curiosidad a secas es insuficiente, indiscreción es inexacto, profanación es exagerado. Podríamos llamarle pura y ferviente curiosidad.

–¿Por qué ferviente?

–Porque es casi como un fuego devorador, inextinguible, destructivo.

–Me hablas de curiosidad... ¿Qué curiosidad? –rectifica él.

–La curiosidad que es el origen de todos los experimentos.

Mi padre abandona por fin el periódico y pregunta:

–¿Por qué la llamas curiosidad y no, por ejemplo, sed de conocimiento?

–Porque sed de conocimiento es una expresión figurativa de tipo retórico. La sed es una sensación física; hablamos de sed cuando queremos referirnos a una necesidad impelente: gracias al estímulo de la sed nuestro cuerpo nos comunica que no puede sobrevivir sin una determinada cantidad de agua. En cambio, podríamos seguir viviendo estupendamente sin... pues, sin mirar a una pareja que hace el amor por el ojo de la cerradura.

Al decir eso, naturalmente estoy pensando en el poema de Mallarmé y en el imaginario chico de buena familia que espía «la concha pálida y rosa» desde el resquicio de la puerta, pero a mi padre, que no está al tanto de mis lecturas, la comparación debe de parecerle como mínimo extravagante. Veo que frunce el ceño:

–¿Qué tiene que ver el ojo de la cerradura?

–Me sirve para definir un tipo determinado de curiosidad, que podríamos llamar libidinosa.

Mi padre no tarda en descubrir qué pretendo decir con eso. Su voz curiosamente se altera, y el hombre exclama:

–¿Entonces, según tú, los que llevaron a cabo el experimento de la fisión del átomo serían unos simples mirones, como aquellos que espían a las parejas por el ojo de la cerradura?

Me echo a reír, contento por haber sido comprendido:

–Pues en el fondo, mirándolo bien, sí.

–No eran unos curiosos, sino unos investigadores –replica convencido.

–Pero no dejaban de ser unos curiosos.

–No veo adónde quieres ir a parar –dice por fin con aire cansado.

–A ninguna parte. Sólo quería decir que cuando la curiosidad es muy fuerte, siempre implica trastorno y ofuscación. El curioso es un hombre muy, pero que muy común. El hecho mismo de que lo sea confirma mi teoría.

Veo que bosteza con cierta ostentación, como para mostrar su aburrimiento:

–Así que por fin has descubierto que la curiosidad es la madre de la ciencia.

Me rebelo ante la objeción, atacando ferozmente:

–Sé muy bien que es un tópico, pero entonces... ¡Vivan los tópicos! –Mi padre calla, para nada satisfecho. Yo añado en tono más serio ya–: Quisiera insistir en el hecho de que aquellas personas que tú llamas investigadores eran unos hombres normales y corrientes, es decir, mediocres, justamente por ser «sólo» unos investigadores.

–Bah...

–Tanto es así que no previeron los efectos de su curiosidad, y cayeron en la trampa de sus propios descubrimientos. ¿Sabes qué dijo Fermi a propósito de la fisión del átomo? –mi padre no abre la boca. Está claro que el tono avasallador de mi conversación le molesta mucho. Yo cito lentamente–: Los inescrutables designios de Dios nos volvieron ciegos ante el fenómeno de la fisión del átomo.

Veo que se encoge ligeramente de hombros:

–Esta frase no me suena. ¿Dónde la has leído?

–Pues en ese libro que tienes encima de la cama.

–No hay por qué gritar tanto. No estoy sordo.

–Perdona. Sólo quería decir que los investigadores eran unos simples curiosos.

–¡Y dale! –comenta mi padre en voz baja, pero procurando que yo le oiga.

–De no ser así, hubieran previsto los efectos a largo plazo de sus descubrimientos. El curioso en cambio no prevé el futuro, vive únicamente en el presente, en aquellos momentos en que ve apagada su curiosidad.

Esta vez mi padre calla definitivamente, y me doy cuenta entonces de que no me queda nada por decir sobre la fisión del átomo y en cambio aún no he hablado de Silvia, ni de su deseo de tener casa propia. También es verdad que al tratar el tema de la atómica se me ha ido la timidez, pero ahora no sé cómo arreglármelas para pasar de esta cuestión al asunto de mi mujer. La sensación de impotencia es la misma que siente uno al conducir a gran velocidad por una autopista sin encontrar el atajo hacia una posible salida. Resumiendo, ¿dónde me puedo agarrar para cambiar de conversación?

Luego se me ocurre una idea. Creo haber encontrado el dichoso punto de enlace; aunque suene a pretexto y resulte casi indecente, no deja de ser legítimo. Digo por fin, levantando la voz y fingiéndome indignado:

–Está claro que esos investigadores, esos curiosos, no previeron los efectos de su labor; yo mismo no te hubiera hablado de su curiosidad si no me sintiera personalmente perjudicado. ¿No se te ha ocurrido nunca pensar en la posibilidad de que a mí me gusta tener hijos? Pero ¿quién se atreve a tanto si ya ahora sabemos que nuestros hijos están destinados a convertirse, usando una elegante expresión de estos días, en «pasto de radiación»? –Desde luego estoy mintiendo descaradamente, pues ni Silvia ni yo deseamos tener hijos. Callo un momento y luego añado–: Mi problema es común a mucha gente, yo diría incluso que es universal, porque la amenaza atómica no se limita a un determinado país, sino que está presente en todas partes. Ahora dime tú: si, según parece, la labor de tus dichosos investigadores no tiene nada que ver con el bienestar de la humanidad, de la que yo soy un modesto representante, ¿con qué tiene que ver entonces?

–Con lo ignoto.

No sé si ha hablado él u otra persona. Veo que se pone las gafas y vuelve a coger el periódico. Me doy cuenta de que tengo que zanjar de una vez por todas el tema; ahora que he hecho una alusión a Silvia, ya sé dónde agarrarme. Repito en tono de duda:

–¿Lo ignoto?

–Sí; me estoy refiriendo a todo aquello que no se conoce, que no se sabe, y que por lo tanto forma parte de lo ignoto.

Mi padre habla con impaciencia, mascullando las palabras y escudándose tras el periódico. Está claro que lo que quiere es que me vaya lo antes posible. Entonces, puestos a seguir con el mismo juego de palabras, en vez de buscar un atajo hacia la salida de la autopista, decido ir por la vía rápida, saltando directamente al otro carril:

–Hace un momento no te he dicho la verdad, papá. Yo no quería hablarte del problema de la atómica, sino de algo personal y privado.

–¿Personal, privado? –repite mi padre haciéndose eco de mis palabras y dejando de lado el periódico.

–Sí; se trata de Silvia.

De repente dejo de tener ante mí al profesional serio y cansado ya de verse obligado a conversar con un profano; ahora su actitud, no sabría decir si sincera o falsa, es la del padre cariñoso:

–Ah, Silvia. ¿Qué hay de nuevo?

–La vi otra vez ayer. Estamos de acuerdo en volver a vivir juntos.

No parece en absoluto sorprendido, y comenta con cierta indiferencia:

–Me alegro. Francamente, todavía no he entendido por qué se fue.

Para bien o para mal, ya he saltado la valla, y no me queda más remedio que seguir corriendo por el carril contrario:

–Pues no le faltaban razones, y ella nunca tuvo reparos en hablar, pero yo me equivoqué al no tomarme en serio sus palabras. Silvia quería una casa que fuera «sólo suya», como ella misma decía. –Tras un instante de silencio añado–: Te ruego que no interpretes mal este deseo; no tiene nada que ver contigo ni con el hecho de que vivamos juntos. Silvia te aprecia, y no le molesta en absoluto estar aquí, pero ya te digo: quiere una casa que sea suya.

La expresión de mi padre es ahora un tanto irónica:

–Es un deseo muy femenino.

–Pues sí.

–¿Y qué piensas hacer para complacerla? –me pregunta con afectada amabilidad.

Yo siempre había pensado que me resultaría penoso, doloroso y humillante renegar del compromiso asumido en el sesenta y ocho, pero me equivocaba. El contestatario rabioso se ha convertido de pronto, con la máxima espontaneidad, en el hijo pródigo arrepentido. Sin darle más vueltas al asunto, le comento:

–No sé si recordarás, papá, que hace algunos años yo te dije que tenía intención de renunciar a la herencia de mamá, y tú mismo me comentaste que se trataba de un piso situado en nuestro edificio. Ahora, puesto que Silvia desea tener casa propia, yo te pediría, si me permites el juego de palabras, que tú a tu vez renunciaras a mi renuncia y me devolvieras el piso.

Está claro que me he expresado de la forma más artificial y torpe. La renuncia a la renuncia... ¡Nunca había oído nada tan estúpidamente complicado y cursi, sobre todo tratándose de un piso!

Por otra parte, mi torpeza no se debe sólo al hecho un tanto fastidioso de tener que ir por el mundo de hijo pródigo, sino también a las incógnitas sobre la conducta de mi padre. ¿Va a devolverme el apartamento? Dado su carácter poco generoso, no estoy seguro de que esté dispuesto a desprenderse de la herencia sin más. Observo su rostro benigno e impenetrable con ansiedad mal disimulada. Él por su parte me sonríe y contesta:

–Inútil decir que nunca me tomé en serio lo de tu renuncia, de modo que me limité a administrar la propiedad en tu nombre. En pocas palabras, el piso está a tu disposición.

Me sorprende ahora el hecho de que mi padre, como él mismo acaba de decir, nunca me hubiera tomado en serio. ¿Tendría acaso que rebelarme ante esta afectuosa demostración de desprecio? Aun antes de darme cuenta de lo que estoy diciendo, me siento arrastrado por un sentimiento de gratitud tan espontáneo como imprevisto:

–No sabes cuánto te agradecemos Silvia y yo tu comprensión y generosidad, papá.

Mi padre me interrumpe:

–Un momento; está a tu disposición, pero no inmediatamente. Todavía lo tienen alquilado los de la notaría, pero estáis de suerte: el notario ha muerto, y los del estudio se van. Sin embargo, hará falta un tiempo para acondicionarlo.

Una mortificante emoción humedece mis ojos a la hora de contestar:

–Gracias, papá. –¿Cuántos años hacía que yo no decía «papá»? Quizá más de veinte, si es que lo dije alguna vez. Dispuesto ya a seguir echándole jabón al asunto, añado–: Es un piso grande, ¿verdad? ¿Cuántas habitaciones tiene?

Curiosamente, justo en el momento en que pronuncio estas palabras, algo vuelve a mi memoria. Se trata de una vieja película de los años treinta que vi hace tiempo en un cine-club de París: *El delator*, de John Ford. Recuerdo especialmente una escena de la película donde, en un episodio de la lucha contra los ingleses, un irlandés borracho denuncia a un partisano y va luego al cuartel general inglés a cobrar el dinero de la recompensa por la traición. El comandante pide que se le entregue un fajo de billetes, y tras ponerlo sobre la mesa, lo empuja despreciativamente hacia el delator con la punta del látigo, como para no querer ensuciarse las manos. Ya sé muy bien que la comparación no es de las más acertadas: ni mi padre es un opresor, ni yo soy un traidor, pero también me doy cuenta de que este recuerdo nace de un sentimiento muy profundo de derrota humillante y definitiva. A todo eso, mi padre, molesto acaso por mis muestras de gratitud, contesta en tono incierto:

–No sé; serán seis u ocho habitaciones. Desde luego, como apartamento es grande... Ocupa un piso entero del inmueble.

Mi declarado masoquismo me lleva a seguir preguntando:

–¿Podríamos ir a verlo? Creo que a Silvia le gustaría echarle un vistazo.

–Claro que sí; podéis ir en cualquier momento. Basta con pedirle la llave al portero.

De repente creo comprender por qué odio a mi padre: siento que es más fuerte que yo y al mismo tiempo ignoro la razón. Si llegara a saber por qué es más fuerte, probablemente dejaría de odiarle.

Mientras voy dándole vueltas a estas ideas llenas de rabia, la puerta se abre bruscamente y entra Fausta trayendo una bandeja con todo lo necesario para la inyección. Tras dirigirme una mirada cómplice que aumenta mi turbación, anuncia:

–Ya lo tengo todo a punto, profesor. ¿Quiere que el señor Edoardo salga?

Miro a mi padre con cierto fastidio; sin embargo, su respuesta nos sorprende a los dos, pues dice tranquilamente:

–No, ¿por qué? No hace falta que el señor Edoardo se vaya; adelante con la inyección.

De manera que en esta ocasión mi padre no quiere quedarse solo con Fausta, aunque nadie más que él sepa la razón. ¿Es posible que Fausta le haya calumniado? ¿Será verdad eso? No me pareció que mintiera al denunciar su obstinado donjuanismo, muy propio, además, de determinadas enfermedades. Estimulado por las acusaciones de Fausta, había imaginado ya, con cierto regodeo, la escena de la inyección: Fausta que se inclina hacia él con la jeringa en la mano; mi padre que, al bajarse los pantalones, intenta acariciar su pecho exuberante; Fausta que aparta con desenvoltura la mano y vuelve a pedirle que se dé la vuelta... De esos pequeños detalles vive el enfermo, tanto si se trata de un pobre desgraciado, como de un famoso profesor de Universidad. Había previsto toda la escena con siniestra escrupulosidad, pero una misteriosa intuición salva a mi padre. Mientras tanto, Fausta se acerca a la cama y, agarrando la jeringa con una mano, con la otra arranca de un solo tirón las mantas que cubren su cuerpo tieso e inerte. Demasiado inerte, diría yo, pues él tendría por lo menos que ayudar a Fausta, desabrochándose y bajando los pantalones del pijama hasta las rodillas. En cambio, se queda inexplicablemente inmóvil, con los brazos abandonados al lado de las caderas, mientras Fausta desata con una sola mano el cordón de los pantalones y poco a poco los va bajando. Ahora, en teoría, él tendría que darse la vuelta, mostrando la nalga, pero no: por un momento, que a mí me parece interminable, se queda allí parado, con el vientre y los muslos al descubierto y el miembro como siempre en estado de semierección, que campea triunfante entre la mata de vello púbico y el abultado volumen de los testículos. Francamente, me cuesta dar crédito a lo que ven mis ojos: Fausta de pie y con la jeringa a punto, y mi padre que se mira el pene con aire autoritario y complacido, como para darle a entender que sus atributos masculinos son algo excepcional y que ella debería tomar buena nota de este dato, de cara a sus futuras relaciones. Pero ¿estamos seguros de que la exhibición va dirigida a Fausta? Empiezo a dudar cuando mi padre deja ya de mirarse el vientre y levanta la cabeza hacia mí. Esa mirada que nace en sus pupilas profundas y brillantes, de verdad parece expresar una intención de desafío mal disimulada. Sí, está claro: mi padre quiere que yo observe y me sorprenda ante tamaña virilidad, retándome a un mudo duelo en el que Fausta es árbitro y juez.

Es muy posible que también la chica se haya dado cuenta de la exhibición, porque de repente se dirige a mi padre en tono indulgente pero con cierta impaciencia, y dice:

–Vamos, dese la vuelta de una vez.

La frase es ambigua, y ese «de una vez» podría referirse a la excesiva duración del espectáculo. Mi padre obedece sólo a medias. Sí, es verdad que se gira, que deja que la aguja penetre en la nalga y que el líquido baje, para volver luego a ponerse nuevamente boca arriba, pero también es cierto que al moverse va zarandeando los genitales con una indiferencia sospechosa y demasiado impúdica para ser involuntaria. Por fin vuelve a quedarse sentado con la espalda apoyada en los cojines y la manta echada sobre el vientre. Parece algo desconcertado y confuso. De repente me mira y dice:

–A propósito: me gustaría saber por qué desde hace algún tiempo vas dándole vueltas a la cuestión nuclear.

¿A propósito de qué? Sólo puedo considerar esta pregunta como un torpe intento de hacerme olvidar el reto sexual de antes. Mi respuesta resulta algo forzada:

–Voy pensando en eso porque hay algo diabólico en la fisión del átomo y ya sabes tú que el diablo es una presencia que no se puede ignorar.

Mi padre celebra que yo le haya brindado la ocasión de hablar de un tema que normalmente intenta evitar:

–¿Por qué diabólico? Es un descubrimiento útil, a condición de que sepamos cómo usarlo.

–Piénsalo un poco: han logrado obtener la energía de millones de toneladas de explosivo con sólo unos cuantos kilos de uranio. Si hablo del diablo, es porque se trata de un invento que tiene todas las apariencias de un milagro.

–Pues, tratándose de un milagro, mejor hablar de Dios que del diablo.

Contesto muy serio:

–Dios hizo el mundo; éste es su milagro. Los milagros en el sentido de intervenciones sobrenaturales, normalmente son obra del diablo.

–Entonces, ¡viva el diablo! –exclama mi padre en tono alegre.

Yo insisto con la misma seriedad:

–Dejémonos de diablos. Digamos que tus investigadores hubieran debido prever algunas consecuencias realmente diabólicas de su labor, es decir, de su curiosidad, y proveer a tiempo.

Extrañamente mi padre olvida de repente su buen humor y me contesta irritado:

–Pues no, señor. ¡Que se ocupen de eso los militares y los políticos! ¿Qué tienen que ver los hombres de ciencia? –Calla por un instante, y luego añade en tono informativo y didáctico–: Tú sabes mejor que yo que no existen precedentes históricos de un investigador que haya decidido deshacerse espontáneamente de sus descubrimientos.

Busco una metáfora y al final acabo dejando algo de lado el rigor, y refugiándome en la imaginación:

–Ulises pidió que le ataran al mástil del barco y se hizo tapar los oídos con cera para no escuchar el canto de las sirenas.

Esta vez mi padre suelta una gran carcajada:

–¡Esto no tiene desperdicio! Así que comparas la labor científica con los encantos de una señora, mujer de cintura para arriba y pez de cintura para abajo... ¡Sin desperdicio!

Me doy cuenta de que ha llegado la hora de irme; la idea de tener entre las piernas un pene más grande que el mío es demasiado regocijante para mi padre. Para imponerme en la discusión, tendría que bajarme los pantalones y mostrar yo también el órgano de la virilidad. Mejor huir. Me pongo bruscamente de pie:

–Bien, papá; ahora me voy. Gracias otra vez por el piso.

Mientras cierro la puerta, oigo su voz que me acompaña:

–No me des las gracias, pero dile a Silvia que deje ya de ponerme morros. Una casa sólo para ella la está esperando.

V

EL AMOR EN EL RESTAURANTE CHINO

Estoy de nuevo en el restaurante chino; en esta ocasión he escogido un reservado, y me siento en un banco con la espalda pegada a la pared de madera. Al haber decidido vernos como siempre temprano para poder charlar tranquilamente, encuentro el local desierto, y tras la pared del reservado sólo se oyen sonidos apagados, pasos y murmullos que parecen venir de la cocina. Mientras espero a Silvia, voy cavilando para encontrar la forma de decirle que ya he pedido ayuda a mi padre y que él, muy solícito, ha prometido devolverme el piso. Sigo creyendo que ella se fue contrariada por no poder disponer de una casa propia, pero al mismo tiempo me doy perfecta cuenta de que el porvenir de nuestra relación depende del modo en que yo le comunique la inesperada solución del problema que nos angustia y nos mantiene separados.

Resumo mentalmente cuáles van a ser las pautas de mi comportamiento: 1) No debo anunciar el acuerdo con mi padre como una victoria, sino como un simple expediente. 2) Tengo que insistir en el hecho de que sigo considerando a mi padre como una figura representativa de una sociedad que yo siempre he criticado. 3) Tengo que minimizar las ventajas del acuerdo, diciendo que se trata de una solución provisional. 4) Debo recordarle que vamos a buscar cuanto antes un piso de alquiler para que yo pueda renunciar por segunda vez a la herencia de mi madre.

No hay duda de que estoy muy interesado en seguir

manteniendo ante Silvia la imagen de eterno rebelde, pero lo curioso del caso, hablando de mi peculiar amor propio con respecto a mi mujer, es que yo sé muy bien que a Silvia no le importa en absoluto que yo haya sido un contestatario y que lo siga siendo. Si hay algo que de verdad me preocupa, no es tanto lo que Silvia pueda pensar de mí, como lo que yo piense que ella pueda pensar.

Ahí viene ella. Como siempre lleva el chaquetón de cuero que hace resaltar la melancólica delicadeza de su cuello delgado y largo como el de las mujeres de Modigliani; sin embargo, hoy ha sustituido la falda por unos pantalones rojos tan ceñidos, que entre las piernas parecen abrirse los labios del sexo en un corte neto y sutil del que salen los pliegues rectos de la tela en forma de abanico, como unos rayos de sol al amanecer. Vuelve a sorprenderme una vez más la duplicidad de Silvia, tan espiritual en la expresión del rostro y al mismo tiempo tan carnal en este tipo de exhibiciones, que nada tienen de casual. Ella en seguida capta mi sorpresa, e insinuándose con dificultad en el reservado, entre el banco y la mesa, me pregunta:

–¿Qué estás mirando?

–Miro estos pantalones tan ceñidos... ¿No te molestan?

–A mí no, ¿y a ti? –me contesta, alegre y provocativa.

De repente me olvido por completo de todos los supuestos y las cavilaciones que hice para anunciarle el acuerdo con mi padre. Tiendo mi mano hasta coger la suya, y le digo turbado:

–No sabes cuánto te deseo.

–Sí, lo sé; lo he visto en tus ojos –contesta ella sin alterarse.

–Te deseo y no puedo poseerte.

Me mira con aire comprensivo, casi burocrático, como si se tratara de una amable dependienta dispuesta a atender las quejas del cliente desde el mostrador:

–Ya te he dicho muchas veces que podemos vernos en casa de mi tía cuando ella no esté, y tú no quieres... Pues peor para ti.

Le pregunto:

–¿No te parece contradictorio eso de no querer vivir conmigo, proponiéndome al mismo tiempo que hagamos el amor en casa de tu tía?

Me contesta con mucha serenidad:

–No creo que haya ninguna contradicción. Son dos cosas distintas, que no tienen nada que ver la una con la otra.

Me doy cuenta de que es inútil insistir, y aunque de mala gana, empiezo a hablarle del acuerdo con mi padre:

–No importa, esperaré. A propósito, quería decirte que estoy a punto de resolver el problema de la casa.

–¿Cómo? –Su tono de voz no es esperanzador; en el fondo, ella parece querer alargar indefinidamente el estado provisional de nuestra relación, y en efecto añade–: Tú sigues pensando que me fui por culpa de la casa, pero te equivocas. Aunque mañana mismo encontraras un piso, es posible que yo continuara viviendo por mi cuenta.

Procuro no tener en cuenta su objeción, y comento:

–Desde luego eres muy libre de hacer lo que más te guste, pero, si no aceptas mi proposición, tendrás que explicarme el porqué. Prometo respetar tus opiniones, siempre y cuando tengan algún fundamento.

Tengo la sensación de haberlo dicho todo ya. En este «todo» no entra, claro está, el acuerdo con mi padre, del que ahora me avergüenzo y arrepiento. Silvia parece intuir mi reticencia, pues comenta en voz baja, casi hablando para sus adentros:

–¡Cuántas precauciones! Al final resultará que me estás hablando de un apartamento de mala muerte.

–Al contrario; es un piso muy grande.

–¿Dónde está situado?

Para bien o para mal, ha llegado la hora de comunicarle la noticia del acuerdo. Hablo sabiendo de antemano que ella no puede comprenderme, y que por lo tanto no vale la pena gastar demasiadas palabras:

–Es la vivienda que está situada en el tercer piso de nuestro inmueble, y es la parte que me corresponde de la herencia de mi madre. Ya sabes que se lo había dejado a mi padre, pues no lo necesitaba y no quería tener nada en propiedad, pero desde que vivimos juntos las cosas han cambiado, así que decidí pedirle que me lo devolviera.

Silvia exclama de repente con incrédula vehemencia:

–¿Me estás diciendo que has hablado de eso con tu padre?

Curiosamente, esta reacción inesperada hace que yo, a mi vez, me altere; le contesto:

–Sí, lo hice; no había otra solución posible. ¿Pretendías acaso que fuera a atracar un Banco?

Tengo que escuchar entonces aquellas palabras que yo no hubiese querido oír nunca:

–Teniendo en cuenta tus ideales políticos, no comprendo por qué te empeñaste en recurrir a tu padre.

–¿Por qué no? Tendrá otras ideas, pero no deja de ser mi padre –contesto enfurecido.

–Desde el día en que nos conocimos, no has hecho otra cosa que criticarle, y ahora, en cambio, le pides ayuda.

Yo reviento:

–¡Conque ahora eres tú quien me tacha de cobarde; tú, que con la historia de tu fuga me has obligado a recitar el papel del hijo pródigo; tú, que desde siempre sabías que, dadas mis ideas políticas, sería algo indigno para mí recurrir a mi padre; tú misma me reprochas el haber intentado satisfacer tu maldito afán visceral por vivir a toda costa bajo techo propio, un maldito techo de tu exclusiva propiedad!

Aunque no hable en voz alta, el tono tenso y sordo de mi voz tiene la intensidad de un grito. Silvia me mira desconcertada y en un ataque de desesperación me dice:

–Pienso que lo mejor será que no volvamos a vernos.

Me da un vuelco el corazón. Exclamo:

–¿Y eso? ¿Qué te pasa ahora?

Ella intuye mi profunda desolación, y me pregunta en voz baja:

–Entonces, según tú, ¿sería visceral el deseo de tener casa propia?

Con estas palabras ella implícitamente reconoce que se fue por culpa de la casa, tal como yo pensaba. Aún ciego de ira, replico:

–No, no es eso; de lo que me quejo es de que estés dispuesta a romper la relación con tu pareja por culpa de ese deseo.

Quizás estos instantes le han servido para recapacitar y comprender. Parece arrepentida y su tono de voz es ahora relajado:

–Perdona; no te preocupes por mí, continúa. Me estabas diciendo que habías ido a ver a tu padre y...

–Y le hablé de nuestros problemas –añado yo, algo más tranquilo.

–¿Y él...?

Ha llegado el momento de decir toda la verdad, sin tapujos:

–Me dijo que nunca se había tomado en serio el hecho de que yo renunciara a la herencia de mi madre, y yo personalmente puedo asegurarte que tampoco se creyó nunca del todo lo de la contestación del sesenta y ocho. Él se ha limitado a administrar la propiedad, y ahora me la va a devolver, de manera que podemos ocupar el piso en cualquier momento. –Tras reflexionar un instante, concluyo con unas palabras irónicas e inoportunas–: Resumiendo, el hijo pródigo ha vuelto, y el padre mata el becerro en su honor. –Al ver que Silvia no me contesta, sigo hablando y procuro interpretar la actitud de mi padre–: Dejando de lado el tema del hijo pródigo, francamente hay que reconocer que se ha portado muy bien. Aunque no sea un hombre avaro, le cuesta desprenderse de sus cosas. Si tan generoso ha sido, es porque en el fondo se siente culpable, pues ya tenía que habernos ofrecido el piso cuando nos casamos. Debe de haberle dado vergüenza el hecho de que tú te fueras.

Silvia me contradice con un gesto de la cabeza:

–¿No te sería más fácil hablar simplemente de cariño?

Ahora soy yo quien niega con la cabeza:

–No creo que mi padre me tenga cariño, sino todo lo

contrario. El otro día, por ejemplo, le pillé en un intento de... llamémosle rivalidad sexual conmigo, que no tenía nada de cariñoso.

–¿Rivalidad sexual? ¿Qué me estás diciendo?

Le cuento el episodio de la exhibición del pene durante el rito de la inyección, procurando que el tono de la conversación sea frívolo y superficial. Quisiera que ella se lo tomara como la descripción de una anécdota divertida y curiosa, y nada más; sin embargo, Silvia me escucha seria, sin esbozar siquiera una sonrisa, y al final comenta:

–A lo mejor tú llamas exhibición a lo que fue una simple falta de delicadeza.

–Puede que la mente le traicione a uno, pero los sentidos nunca fallan, y yo tuve la sensación de enfrentarme a un viejo que me enseñaba su pene para demostrarme que él lo tenía más grande.

Silvia no hace más que mirarme con ojos apagados e inermes, sin decir palabra. Luego por fin parece decidirse:

–Tú hablas del piso de vuestro inmueble como si ya supieras que estoy dispuesta a vivir allí, pero te equivocas. El hecho de que hayas encontrado un apartamento no implica que yo vuelva a casa. Como parece ser que no quieres o no puedes comprender eso, mejor será que pongamos las cosas en claro de una vez.

No entiendo nada, pero de repente siento un escalofrío en la espalda, y muy turbado le pregunto:

–¿Qué quieres decir con eso?

–Yo en teoría no tengo nada en contra del apartamento, pero tú no quieres meterte en la cabeza que el motivo de mi indecisión ante tu propuesta no es el piso en sí. La cuestión es que salgo con otro –me dice, hablando de prisa.

Mi turbación es tanta ya, que la noticia, más que dolerme, me sorprende. ¿Cómo pude no pensarlo antes? Además de sentirme tristemente abandonado, ahora me avergüenzo de haber hablado tanto del piso y del supuesto exhibicionismo de mi padre:

–¿Por qué no me lo dijiste en seguida, en vez de quedarte

ahí escuchando palabras y más palabras sobre mi padre y sobre su maldito piso?

–Intenté explicártelo, pero tú estabas como ofuscado, y por otra parte me da vergüenza admitirlo.

–Cuando se quiere a alguien, nunca resulta vergonzoso decirlo.

–La cuestión es que no le quiero –contesta ella, cabizbaja.

Compruebo entonces con sorpresa que esta respuesta, que en principio tendría que alegrarme, en realidad no es para nada reconfortante. Mirándolo bien, con estas palabras Silvia desvela el misterio de su fuga, pero al propio tiempo abre otro interrogante: ¿qué tiene de particular este hombre si, aun sin quererle, ella está dispuesta a abandonar al marido que ama? De repente noto que el disgusto y el cansancio pueden conmigo, y comento fríamente:

–No quiero saber nada más del asunto, pero creo que, estando así las cosas, es inútil seguir viéndonos.

Ella guarda silencio; se limita a mirarme con los ojos abiertos de par en par, pero es como si no me viera. Al poco rato comprendo el porqué de esa mirada tan fija y encandilada. Silvia, esa mujer siempre tan práctica y tan poco emotiva, me sorprende con dos pequeñas lágrimas, diminutas y como apocadas, que brillan en sus ojos para bajar luego y perderse casi en el acto en la parte superior de las mejillas. De tan escaso, ese llanto resulta misterioso, y de repente yo me siento tan dudoso e incrédulo como el hombre de fe que, arrodillado en la penumbra de una iglesia, cree vislumbrar unas lágrimas inciertas en el rostro de una virgen celebrada por sus milagros. ¿Realidad o alucinación? Para salir de dudas, le pregunto:

–¿Por qué lloras? ¿Qué te pasa?

Confieso haber temido que ella confirmara mis alucinaciones, pero no; Silvia acepta aquellas dos lágrimas con un aire de resentimiento un tanto curioso:

–Lloro porque quisiera seguir viéndote.

–Pero tú sales con otro, ¿verdad?

–A lo mejor, si no dejamos de vernos, al final me decido.

–¿A qué te vas a decidir?

–A dejarlo.

–Hace poco eras tú quien proponía que no volviéramos a vernos, ahora soy yo. ¿Qué te parece que hagamos? –comento yo, como pensando en voz alta.

–Tenemos que seguir viéndonos.

–¿Y luego?

–Luego... no sé.

–¿Qué es lo que no sabes?

–No sé qué pasará. Ahora estoy chiflada por él, pero con el tiempo a lo mejor se me pasa.

La palabra «chifladura», una expresión frívola y juvenil que sustituye el término «enamoramiento», me parece acertada si tenemos en cuenta el carácter pasajero de la infatuación de Silvia, pero al mismo tiempo la encuentro inadecuada, pues no refleja la violencia irresistible de sus sentimientos. Me aventuro a opinar:

–No me parece que «chifladura» sea la palabra más conveniente.

–¿Cómo la llamarías tú?

–Pues... pasión.

–No, Dodo; en mi caso se trata realmente de una chifladura, de aquellas que se tienen a los dieciocho años. Luego, cuando todo se acaba, una se pregunta cómo pudo perder la cabeza por un hombre así.

Insinúo con precaución:

–Las chifladuras no suelen durar mucho; ésta, en cambio...

Espero que me diga cuánto tiempo hace que me traiciona, pero no se deja engañar, y sigue mostrándose ambigua:

–A lo mejor, ésta también acabará pronto, pero mientras tanto así están las cosas y no puedo remediarlo.

–¿Por qué dices que no puedes remediarlo? Basta con que decidas no volver a verle.

–Pues no lo consigo. Créeme, he hecho todo lo posible

para que no volviéramos a encontrarnos, pero luego da la casualidad de que le veo, y entonces...

–¿Entonces, qué?

–Entonces caigo una vez más. Es superior a mis fuerzas.

–No hay nada que sea realmente superior a nuestras fuerzas, no puede haberlo.

–Yo pensaba lo mismo que tú, pero la verdad es que, cuanto más te empeñas en no repetir ciertas cosas, más gusto le encuentras luego.

–¿En qué sentido?

–Es como si al ir a apagar un fuego te equivocaras y, en vez de poner agua, le echaras petróleo. A lo mejor resistiría si no me lo tomara todo tan en serio y no me jurara a mí misma que no volveré a caer nunca más.

Sus palabras son cada vez más francas y desenvueltas, y en mí surge la humillante sospecha de estar jugando el papel de confidente de una mujer, la mía, preocupada por su relación adúltera con un desconocido amante. Sin embargo, tal como decía Silvia, el deseo de saber más, de saberlo todo, al final resulta superior a mis fuerzas. Le pregunto:

–¿Podrías por lo menos explicarme por qué este hombre que no quieres acaba siendo tan irresistible?

Mueve la cabeza en un gesto de negación:

–Es mejor que no hablemos de eso. Además, yo nunca te habría dicho nada si tú no hubieras insistido tanto en el tema de la casa. Lo hice únicamente porque vi que estabas muy lejos de la verdad y no quería que te hicieras falsas ilusiones.

–Pues no. Te pido que me lo cuentes todo; quiero saber quién es, qué hace, cómo es... todo.

–¿Por qué?

–¿Es posible que no entiendas que sólo hablándome de él, diciéndomelo todo, podrás hacerme creer que me quieres a mí y no al otro? –replico yo, en un grito exasperado.

–¿Qué pasa si no te lo cuento todo?

–Acuérdate de las palabras que me dijiste poco antes de que nos casáramos.

–¿Qué palabras?

–«Eres el hombre de mi vida.»

–Era verdad, y sigues siéndolo.

–Pues, si no me lo cuentas todo, tendré que pensar que ahora el hombre de tu vida es él.

–Eso no es cierto; en el fondo, entre tú y yo no ha cambiado nada.

–Entonces resulta que él es el hombre con quien traicionas al hombre de tu vida.

Aprueba mis palabras con un desconcertante raciocinio:

–Aunque te parezca una frase tonta, lo más probable es que sea cierta.

–¿Y me lo dices así? –pregunto enfurecido.

–¿Cómo quieres que te lo diga? –Esta vez me quedo callado y cabizbajo. Silvia retoma entonces la conversación con ese aire suyo tan íntimo y confidencial, que, como ya dije, me humilla y me asigna automáticamente un papel que no estoy en absoluto dispuesto a aceptar: el del amigo comprensivo con quien se puede hablar sin reparos–: No puedo contártelo todo. Ya sabes que hay cosas que no se dicen, y no es sólo por una cuestión de pudor, sino porque al considerar los hechos por sí mismos, aislados del conjunto, se acaba dando una idea falsa e incompleta de la realidad.

Replico bruscamente, con rabia:

–No entiendo nada de lo que me estás diciendo.

Estoy seguro de que al mirarme se da cuenta de que estoy sufriendo, porque aparece en su rostro aquella expresión melancólica y pía que me recuerda sus mejores momentos:

–Escucha, Dodo, ¿por qué te empeñas en saber ciertos particulares de mi vida íntima? A mí me va a costar mucho hablar y a ti no te hará ninguna gracia oír determinadas cosas. ¿Qué ganamos con eso?

–¿Qué particulares?

Tras mirarme largo rato, empieza a explicar haciendo gala de ese tonillo didáctico que emplean las maestras con los alumnos especialmente torpes:

–¡Que conste que la responsabilidad es tuya! Vamos a ver: supongamos que alguien me preguntara cómo nos comportamos tú y yo en determinados momentos: ¿qué crees que opinaría el tipo en cuestión de tu forma de hacer el amor?

Contesto algo desconcertado:

–Pues no lo sé. ¿Qué tiene de particular nuestra forma de hacer el amor?

Ella en seguida me corrige:

–No estoy hablando de nosotros, sino de ti. No tiene nada de particular hasta que no profundizas un poco.

–¿Qué quieres decir con eso?

–Creo que el tipo pensaría que lo haces sobre todo con los ojos.

Al oír estas palabras, de repente me acuerdo de la alegre insinuación de Pascasie, que pretendía tacharme de voyeur, y exclamo:

–¡Ahora resulta que soy un mirón!

–Ya ves: tú te indignas si te digo que eres un voyeur y tienes razón, porque entre nosotros hay mucho más que eso. Pues lo mismo pasa con este otro hombre por el que estoy chiflada: diciendo determinadas cosas, daría una idea falsa e incompleta de nuestra relación –comenta ella, sonriendo.

Ha llegado el momento de saber algo más sobre mi forma de hacer el amor, entre otras cosas porque intuyo que hablando de mí llegaré a descubrir qué hacen ellos. Para dar más intimidad al diálogo, le comento:

–Eres la segunda persona en pocos días que me tacha de mirón.

–¿Quién es la otra persona?

–Una amiga.

Sin preocuparse en absoluto por conocer la identidad de Pascasie, exclama:

–¡Suerte que no soy la única en decirlo!

–De acuerdo, pero ahora quisiera saber cómo hago el amor.

Me observa un instante y luego se pone a explicar:

–Para ti sólo existe una forma de hacer el amor: te echas boca arriba y quieres que yo me ponga encima de ti. Lo que yo decía..., basta con pretender hablar de estas cosas para que todo resulte falso, incompleto y vulgar. Pero sigamos: ¿por qué te empeñas en que yo esté arriba y tú abajo? Me lo había preguntado muchas veces, y tú mismo un día me diste la explicación: para mirarme mejor, de forma más distante y contemplativa, hasta el extremo de que mi cara te recuerda el rostro de la Virgen de aquella iglesia donde ibas de pequeño con tu madre. Para mí todo eso no es más que voyeurismo místico, o por lo menos yo lo siento así. Pues ese halo en cierto modo religioso que me rodea influye en mi comportamiento amoroso, porque me doy cuenta de que tú «quieres» que yo parezca una virgen, y por eso intento ocultar mi placer, procurando mantener una expresión serena, inmóvil e impasible. ¡Dios sabe la de muecas que haría si pudiera explayarme a mi gusto como cualquier hijo de vecino! Tú no te imaginas cuánto cuesta ir de Virgen cuando el hombre al que quieres te está follando... –No estoy acostumbrado a oír de Silvia palabras tan groseras, y me sobresalto; ella lo nota y me dice–: Perdona, pero es la pura verdad.

–Según tú, entonces, los fieles arrodillados que alzan los ojos a la imagen sagrada serían todos unos mirones –protesto yo, acto seguido.

–Sí, en cierto sentido lo son.

–Pero de hecho los mirones espían y yo, en cambio, no soy el típico mirón que quiere descubrir cómo se contrae y desfigura tu rostro en los momentos de placer. Al contrario, me gusta verte impasible, serena, sin muecas y sin contracciones.

Mueve la cabeza en un gesto de duda:

–Es posible, pero sigo pensando que, Vírgenes aparte, tu manía es la de mirar. –Tras reflexionar un momento, me coge afectuosamente la mano y añade–: Cuando se habla de amor, no hay que avergonzarse de nada, cariño. Tú amas con los ojos, nada más. Hubo un tiempo, además, en que este amor hecho de miradas me gustó, y tú lo sabes, aunque tu forma de mirarme entonces no tuviera nada que ver con la manera con que los fieles miran a la Virgen.

–¿Cuándo fue eso? –pregunto algo turbado.

Ella me sonríe y dice:

–¿Lo has olvidado ya? Fue cuando aún no nos conocíamos y me cortejabas desde la ventana de la pensión en Forte dei Marmi.

No lo he olvidado en absoluto; al contrario, me acuerdo muy bien de todo. Desde la ventana de mi pensión en el pinar, yo podía ver la pared de otro hotel muy cercano; todas las ventanas de ese edificio estaban cerradas, exceptuando la que daba justo frente a mi cuarto. Una tarde subí para dormir la siesta, pero cuando estaba a punto de cerrar las persianas, me di cuenta de que la ventana de enfrente estaba abierta de par en par, de modo que me era muy fácil ver el interior de la otra habitación. Era un cuarto cualquiera de un hotel de playa cualquiera, y quizá por eso lo imaginé envuelto en el misterio, ese misterio oscuramente significativo que es propio de todas las cosas insignificantes. Lo que más me impresionó fueron los colores, pues la intensidad de mis ávidas miradas los volvió nuevos y alegres. En el centro de la habitación había una cama de color verde con una colcha amarilla, y en un rincón había un armario rojo. El suelo estaba cubierto de baldosas azules y a los pies de la cama habían colocado una butaca ocre. El asiento y el respaldo de las sillas era de color naranja, y las paredes estaban pintadas de blanco. ¿Qué más? Ah, sí; de la percha colgaba una gran pamela de paja florentina color amarillo claro con lazo negro, y debajo de la cama se entreveían unas sandalias rosas con tacón rojo. Encima de la butaca habían dejado una bata a rayas verdes y azules, y la puerta del baño era de un brillante color azul cielo.

Me pareció estar asistiendo a una función teatral. El telón ya se había levantado, pero los actores, o, mejor dicho, la actriz –pues era evidente que en aquella habitación sólo podía vivir una mujer– aún no había hecho su aparición. En vez de cerrar las persianas, decidí dejarlas entornadas, y me puse a esperar allí, de pie, con el ojo pegado a la estrecha abertura y la paciencia algo cruel del cazador al acecho: en un momento u otro ella tendría que volver a su cuarto y yo esperaría todo el tiempo que fuera necesario, incluso hasta la noche o el día siguiente. Hacía mucho calor y se oía el chirriar de las cigarras entre las ramas de los pinos.

Aunque muy consciente del hecho de estar espiando, me invadió una sensación de plácido bienestar, como si aquélla fuera una actitud del todo acorde con mi naturaleza, hasta el punto de que al cabo de un rato ya no me pareció necesario esconderme, y abrí las persianas de par en par: ahora no sólo quería mirar, sino ser visto y observado mientras miraba.

Por fin, al cabo de media hora de espera, se abrió la puerta de la habitación y entró Silvia. Ya que la puerta estaba justo frente a mi ventana, ella a la fuerza tuvo que fijarse en mí, mirándome con una expresión sorprendida y perpleja a la vez. Ateniéndome a la lógica, pensé que iría directamente a cerrar las persianas, y aun antes de que esto sucediera, ya empecé a sentirme culpable y frustrado: ella ahora me cerraría la ventana en las narices y yo automáticamente me convertiría en un mirón indiscreto y desgraciado.

Sin embargo me equivoqué. Silvia empezó a moverse por la habitación y luego, tras volver a mirarme como para cerciorarse de mi presencia, se metió en el cuarto de baño. Al poco rato salió, y una vez más demostró su evidente complicidad, pues no fue a cerrar las persianas. De repente tuve así la certeza de que ella estaba respondiendo a mi voyeurismo con un correspondiente acto de exhibicionismo, y se me disparó el corazón.

Silvia se movía por la habitación haciendo las cosas más insignificantes con el esmero de la actriz que se siente observada por un público atento y numeroso. Al ir y venir, la amplia falda amarilla bailaba sin tregua alrededor de sus piernas como en una danza provocativa. Al final la vi colocarse en el centro de la habitación, inclinarse bruscamente hacia abajo con las piernas abiertas, como si se tratara de un fantoche, y agarrar con las manos el borde de la falda, estirando hasta quitársela por la cabeza. A partir de ese momento, nuestro juego se hizo cada vez más avasallador y provocativo, pero mi excitación nada tenía que ver con la de un supuesto mirón ávido de indecencias. En realidad, casi desde el principio, yo había logrado establecer entre nosotros una relación tan casta y natural como la que existe entre la pura observación y la simple aparición, y en esa relación ya existía el amor con sus preguntas y sus respuestas, sus desmayos y sus entregas.

El espectáculo continuó: tras quitarse la falda, Silvia la dejó tirada encima de la butaca; luego se puso ante el espejo del armario, y, colocándose de manera que yo la viese de perfil, se desabrochó el sostén. Siguiendo con las manos, desde abajo, el contorno de los pechos, fue sopesándolos y empujándolos un poco hacia arriba, como para observar su volumen y forma. Al poco rato volvió a dejarlos caer, y fue toqueteando los pezones con los dedos en actitud contemplativa y dulce, como si quisiera comprobar su sensibilidad. En pocas palabras, era evidente que Silvia ya no fingía ignorarme con inocente naturalidad, sino que recitaba para mí el papel de la mujer que se desnuda y procura provocar en el espectador unas reacciones bien determinadas, hasta el punto de que de vez en cuando me miraba de reojo, como para asegurarse de que el espectáculo no me desagradaba.

Al cabo de un rato, Silvia se llevó las dos manos al vientre para bajarse las braguitas, pero no por eso interrumpió la contemplación de los pechos. Atónita, ensimismada, ella siguió mirándoselos mientras descubría distraídamente el pubis, como si estuviese meditando un plan de actuación que sólo tuviera que ver con la parte superior del cuerpo. No me fue difícil descubrir sus intenciones: ella quería mostrarme el perfil del oscuro y tupido pelo púbico que se erguía agresivamente bajo la curva del vientre, y en otra posición yo no hubiera podido apreciar su curioso aspecto, que me recordaba el lomo de un gato asustado. No del todo satisfecha, Silvia fue pasando la mano entre los pelos, ahuecándolos y estirándolos, como para airearlos tras la larga constricción bajo la braguita. Ahora ya podía darse por acabado su espectáculo, en principio muy parecido a un vulgar pase de *strip-tease* pero en el fondo distinto, gracias al repentino sentimiento amoroso que entre nosotros había nacido. Silvia arrastró entonces una silla hasta el centro de la habitación, cogió una guitarra que estaba apoyada contra la pared y empezó a rasguear con la cabeza inclinada hacia el instrumento. Su postura me hizo pensar en esos frescos antiguos donde a veces aparecen unos ángeles tocando la viola, pero el ángel en cuestión tenía las piernas cruzadas, así que pude distinguir, más allá de las ingles, entre la mata de vello negro, la blancura de un tampón de algodón. ¿Acaso Silvia sabía que, además de exhibir su cuerpo desnudo, estaba mostrando algo que los hombres suelen considerar repugnante? Sí, lo sabía, mas para ella esta exhibición era un involuntario desafío a mi amor incipiente, pues sólo el amor es capaz de convertir la repugnancia en atracción.

El espectáculo provocado por mi voyeurismo ahora ya no daba más de sí. Silvia siguió un rato tocando la guitarra y luego, de repente aburrida, se levantó sin prisas y fue a cerrar las persianas.

Al día siguiente la busqué en la playa, y tras haberla encontrado, le pedí a un amigo común que nos presentara. Así fue como, del encuentro de un exhibicionismo casual y un voyeurismo sin premeditación, nació una relación de pareja absolutamente normal que al cabo de un año acabó en boda.

Tras esfumarse de mi mente esta fulmínea sucesión de imágenes, comento:

–Ya sé que nuestro amor empezó con unas miradas, y no comprendo por qué ahora te molesta lo que entonces te gustó.

Su respuesta es muy evasiva:

–No sé... Era verano, y el mucho calor me aturdía. Cuando te vi asomado a la ventana mirando, pensé que no me costaría nada complacerte.

–¿Eso es todo? ¿No sentías tú también algo?

–Sí, a lo mejor sí. Me gustabas porque no tenías nada en común con el típico voyeur. Parecía como si hubieras ido al teatro, y siguieras el espectáculo con cierta indiferencia. Hay algo que tú no sabes...

–¿Qué?

–Después de cerrar las persianas, me tendí en la cama y me masturbé.

–Nunca me lo habías dicho.

–Y tú nunca me lo preguntaste. –Calla un instante, y luego añade–: Al día siguiente, cuando pediste que nos presentaran, tuve una extraña sensación.

–¿Qué sensación?

–Me sorprendí pensando que yo contigo ya me había acostado.

Estas palabras me reconfortan. Le digo dulcemente:

–Ahora que ya sé cómo hago el amor, dime qué haces tú con él.

Quizá por el cansancio, o reconfortada acaso por el clima de confianza que se ha ido creando, esta vez prescinde de dudas y titubeos; al contrario, me dice con brutal franqueza:

–Sé que voy a defraudarte, porque tú estás convencido de haberte acostado siempre con la Virgen, pero tienes que saber que yo no soy una Virgen. –Vuelve a callar un momento y luego prosigue, mirándome fijamente–: Yo soy una marrana, y me gusta hacer el amor como las marranas.

Me animo a preguntar:

–¿Cómo hacen el amor las marranas?

–Lo hacen como los animales. Lo leí en un viejo manual para la confesión: *more ferarum.*

–¿Qué animales?

–Los perros, los caballos... Era la primera vez que lo hacía así, y para mí fue una revelación.

–¿Y por qué?

–Pues no lo sé. A lo mejor es porque, al estar de espaldas, él no me ve y puedo hacer tantas muecas como quiera, o quizá porque, al contrario de lo que pasa contigo, él es quien da y yo quien recibe, o incluso porque...

En este momento Silvia se interrumpe y agacha la cabeza. Yo insisto:

–¿Incluso porque...?

Vuelve a levantar la cabeza y me mira con cara sonriente:

–Dios mío, Dodo, ¿por qué te empeñas en saberlo todo?

–Sabes muy bien por qué; aunque sólo sea hablando, quiero que le traiciones conmigo –le contesto con rabiosa argucia; sin embargo ella no aprecia mi sofisma; calla por un instante y luego, tras echar un vistazo a su alrededor, me dice en voz baja:

–Pues resulta que justo en ese momento él me ordena: «Dime que eres mi marrana» y yo tengo que repetir: «Sí, soy tu marrana.»

–Tú en principio no tienes por qué decir nada. Te gusta decirlo y lo dices, nada más.

–No, tengo que hacerlo.

–¿Por qué?

–Porque él está encima de mí y yo tengo la cabeza aplastada contra una mesa. Mientras me agarra, va murmurándome al oído: «Si no lo dices, te retuerzo el pescuezo.»

–¿No te parece algo brutal?

–Hay ciertas cosas que resultan brutales al explicarlas, pero la voz de quien habla en el momento de vivirlas no resulta brutal en absoluto.

–¿Cómo es esta voz?

–Es la voz del amor.

–¿Y tú le quieres?

–Ya te he dicho que no le quiero.

Ahora ya no hago más preguntas. Se me ha caído el mundo encima, y yo voy hurgando entre los escombros en un estado próximo al delirio. Silvia parece darse cuenta de mi desolación porque me tiende una mano y dice:

–Anda, no te pongas tan triste. Bien mirado, mejor es

que le traten a una de Virgen que de marrana. Estoy atravesando una época de embrutecimiento animal, pero luego volveré a ser tu figura sagrada de siempre, ¿de acuerdo?

Me aprieta afanosamente los dedos, como para incitarme a decir o hacer algo. De repente le propongo:

–¿Quieres que hagamos el amor aquí, ahora mismo?

–¿Qué estás diciendo?

–Sí, podemos hacerlo como la primera vez, mirándonos.

–¿Mirándonos? ¿Adónde quieres llegar?

–Deja que te mire.

Silvia ha comprendido, y de un vistazo abarca la sala entera del restaurante:

–¿Aquí? ¿Cómo lo vamos a hacer?

–Estamos encerrados en este reservado, y nadie puede vernos. Tú te sientas a mi lado, cerca de la pared, te bajas un momento los pantalones y yo te miro.

–¿Tanto me quieres? –me pregunta con aire compasivo. Incapaz de hablar, yo le contesto con un gesto afirmativo de la cabeza. Silvia mira a su alrededor, luego se levanta, se acerca al lado opuesto de la mesa y vuelve a entrar en el reservado colocándose cerca de la pared, mientras yo me traslado hacia el borde externo del banco. Ahora se echa, y de un solo tirón baja completamente la cremallera. Luego ensancha con las dos manos la abertura, hasta mostrar la braguita azul que cubre una sombra abultada y oscura. Al cabo de un instante empuja hacia abajo la braguita, y dejando la cabeza clavada en el asiento, encorva la espalda en forma de arco para hacer remontar el vientre. Se yergue entonces, libre ya de la constricción de los pantalones, su extraña mata de vello púbico, como una cresta agresiva rica de pelos tiesos y encabritados. Me dice ahora con voz dulce:

–Si quieres, puedes acariciarme, pero sólo un momento.

–No; basta con mirarte.

Se observa a su vez y comenta:

–Quizá sea más bonito el de las otras mujeres, liso y blando como un terciopelo.

–No, a mí me gusta así, en forma de cepillo.

Me dice entonces:

–Ahora voy a acariciarme. ¿A qué otra cosa te recuerda?

–Me recuerda el lomo de un gato asustado –le contesto mientras veo cómo su mano se hunde entre las piernas.

–¿Qué más?

–La cresta de un gallo.

–Venga, rápido... Otra cosa.

–El penacho de un yelmo.

–¿Y qué más?

–Un gorro frigio.

–Dime algo más.

–Los rayos del sol cuando amanece.

–Sí, los rayos del sol...

Silvia suspira, se echa más atrás en el asiento, y vuelve a suspirar levantando el vientre mientras su pelo se yergue rígido. Al final se desploma casi exánime en el asiento, manteniendo los ojos cerrados. Yo tiendo la mano y le subo la cremallera. Ella abre por fin los ojos, y yo digo:

–Gracias.

Silvia mueve la cabeza como si aún no se viera capaz de hablar. Luego se esfuerza por preguntar:

–¿Por qué me das las gracias?

–Gracias por haberlo hecho.

Entonces se levanta y, al pasar delante de mí, comenta:

–Ha llegado la hora de irme.

Le pido que me haga un último favor.

–¿Qué favor? –pregunta ella.

–Ya que hice el amor con los ojos, te pido ahora que seas tú quien me los cierre.

–¿Cómo?

–Tocándolos con la palma de la mano.

–Eso sólo se les hace a los muertos.

–Cierto...

Alarga el brazo y me acaricia rápidamente los ojos con la palma de la mano. Mis párpados van bajando. Cuando vuelvo a levantarlos, ella ya ha desaparecido, acompañada por el sonido tintineante del carillón de la puerta.

VI

EL DIABLO QUE MIRA

Hoy excepcionalmente falto a mi cotidiana costumbre de ir a pasear a primeras horas de la tarde. De hecho, ni siquiera se me ocurre; tras almorzar con mi padre, me entretengo en casa leyendo un libro que no me interesa, pero luego, hacia las cinco, una inspiración repentina me lleva a salir precipitadamente con el coche en dirección al paseo que bordea el Tíber, allá donde vive Pascasie. No sé muy bien el motivo de esta decisión, y la incertidumbre hace que desconfíe de mí mismo, como si tuviera que vérmelas con alguien capaz de jugarme una mala pasada.

¿Volveré a ver a Pascasie? Es posible, pero no estoy del todo seguro. En cualquier caso, un nuevo encuentro me serviría para ir reafirmando cierta impresión que tuve a lo largo de la primera visita, es decir, la idea de que Pascasie estaría poseída por un demonio, igual que la negra de Mallarmé, pero en este caso no se trataría del demonio de la lujuria, tal como aparece en el poema, sino de algo más sutil que podríamos definir como una hostil voluntad tentadora. Esa impresión mía nace de la actitud de Pascasie durante mi visita, de su manera insistente de espiarme con ojos fríos, llenos de premeditación y cálculo.

Ya sé por qué me espiaba: quería ver si yo cedería a la tentación de representar la escena descrita por Mallarmé en su poema, sin tener en cuenta el carácter literario de toda la cuestión. Naturalmente, Pascasie no estaba para nada dispuesta a acceder a mi petición, del mismo modo que yo tampoco estaba dispuesto a pedirle nada.

Ella sólo quería verme rozar la tentación como si resbalara en una vulgar piel de plátano, y en el fondo, con los mismos efectos cómicos y escarnecedores. Tal como yo le había dicho, había en ella una cínica exhibicionista que en el momento mismo de exhibirse se convertía en una maliciosa voyeur.

Pero ¿por qué Pascasie quería inducirme a la tentación? Se me ocurre que la respuesta podría estar en el primer verso del poema de Mallarmé, que dice: «Una negra por el demonio poseída...» De hecho, quien me espiaba no era Pascasie, sino el demonio, que por lo visto la poseía, un demonio voyeur que quería verme caer en la tentación únicamente para divertirse luego con el espectáculo de mi derrota; eso es, un diablo voyeur que pretendía mirar un mundo hecho a su imagen y semejanza. Resumiendo, si hoy vuelvo a ver a Pascasie, será para exorcizar al diablo, para recuperar a la africana alegre e ingenua con quien estuve charlando desde la acera durante aquel primer paseo de la tarde.

Hoy el cielo está uniformemente cubierto por una capa oscura y baja de nubarrones inmóviles que anuncian tormenta, sin rastro de claridad, así que, voy diciéndome, ni siquiera puedo tomar como pretexto para la incursión en el territorio de Pascasie mis obsesivas y eternas cavilaciones en torno al hongo atómico que asoma tras la cúpula de San Pedro. Está claro que voy a ver a Pascasie y a nadie más que a ella, pero también es cierto que no sé cuál es el motivo de mi visita.

Ahí está el paseo que bordea el Tíber; veo, allá al fondo, la valla roja que hace de separación. Aparco el coche, bajo, cierro la puerta con llave, y por fin dedico una mirada a la cúpula de San Pedro. En el aire opaco e inerte, la cúpula, de un color marrón apagado y algo sucio, no resulta en absoluto imponente, y se confunde entre los edificios modernos e indignos que hoy parecen agobiarla más que de costumbre. Al mirarla, me sorprende haberla considerado otras veces como el símbolo de un mundo que posiblemente la bomba atómica destruiría en un porvenir cercano. Sí, creo que en caso de guerra la cúpula desde luego dejaría de existir, pero ¿por qué hablar de símbolo? El hecho mismo de haber inventado la bomba ha destruido espiritualmente el mundo, antes aún de destruirlo materialmente, pues la bomba no es más que el fruto último de algo que empezó hace mucho tiempo, así como la cúpula representa algo que pertenece a un pasado ya muy lejano.

Mientras voy reflexionando, sin dejar de mirar la cúpula, aparece de repente la luz cegadora e imprevista de un relámpago silencioso que zigzaguea de arriba abajo, ramificado y vibrante, hasta apagarse en el cielo plomizo. Tras un rato de espera que se me hace muy largo, llega el trueno, rodando pesadamente como una esfera de hierro que rebotara sobre una plancha de metal, para reventar luego con un sonido seco y ensordecedor. Acto seguido, unas ráfagas de viento fresco y húmedo, portador de lluvia, levantan del suelo unas grises espirales de polvo y desperdicios.

Sin embargo, todavía no llueve y el viento amaina; es ahora cuando veo a Pascasie justo delante de mí, mirándome y riendo. No está sola; con ella va una chiquilla de unos trece años, y tanto Pascasie como la chica llevan colgada del brazo la bolsa de la compra por donde asoman unos bultos envueltos en papel oscuro y unos verdes manojos de hortalizas. Pascasie lleva un abrigo rojo, recto y tieso, que le llega hasta los finos tobillos; la avalancha de rojo me recuerda al demonio que, según Mallarmé, habría trastornado a la africana del poema, pero aun sin recurrir a esta reminiscencia literaria, en seguida descubro en la frialdad escrutadora de la mirada, que contrasta con su risa infantil, la presencia de una cierta insidiosa premeditación. Pascasie comenta:

–Gesuina y yo hemos ido a hacer la compra. Yo la ayudo a ella, y ella me ayuda a mí. Gesuina... –añade, dirigiéndose a la chiquilla–, éste es el señor Dodo, del que ya te había hablado; anda, no seas tímida, dale la mano, que nadie te va a comer. Gesuina es la hija de mi portera, Dodo. –Miro a Gesuina: es alta, enjuta, flaca; en su rostro pálido y afilado destacan unos grandes ojos de mirada apagada y la boca pequeña. Bajo el vestido de punto color tabaco se dibujan, a la altura del pecho, dos diminutas prominencias. Me tiende la mano ancha y huesuda y, al apretarla yo, ella insinúa una pequeña reverencia. Pascasie continúa comentando–: Ella quisiera estudiar, pero su madre pretende que se quede en la portería, así que para ayudarla le doy clases de francés. –Pascasie va informándome con su acostumbrada alegría confusa e infantil, pero en seguida me doy cuenta de que reparte sus miradas entre Gesuina y yo, de manera que la idea de que a cada voyeur corresponde un exhibicionista, juega ahora en contra mía. Efectivamente, Pascasie me espía mientras yo miro a Gesuina. ¿Espera acaso que yo vea en la hija de la portera a la niña Mallarmé, o soy yo mismo quizás el que no consigue sustraerse a la fascinación de las analogías literarias? De todas formas, alguien me está espiando, y por lo tanto me veo obligado a disimular, dirigiendo la mirada hacia la valla, allá al fondo, donde se acaba el paseo. Un nuevo comentario de Pascasie viene a confirmar en cierto modo mis pensamientos–: ¿Verdad que es bonita nuestra querida Gesuina?

Con la intención de hacer más explícito su elogio, Pascasie enlaza con un brazo los hombros de la chiquilla, que se presta de mala gana a sus efusiones. Yo admito con cierta torpeza:

–Sí, es bonita. ¿Cuántos años tiene?

Gesuina contesta rápida:

–Tendré catorce dentro de cinco meses.

Al oír esta frase tan ingenua, Pascasie se echa a reír:

–Todas las mujeres intentan quitarse años, y tú en cambio te empeñas en tener más de la cuenta. Digamos que tienes trece años y medio, pero que demuestras quince. Bien, Dodo, ¿quieres acompañarnos hasta casa?

Pascasie, Gesuina y yo nos encaminamos así hacia la valla y, tras haberla cruzado, volvemos a percibir la típica atmósfera de protección y decaimiento. En muchos puntos el asfalto se ha hinchado y resquebrajado como una piel enferma, y, entre las negras heridas, crece la hierba de color verde brillante. Hay muy pocas personas que transiten por aquí: dos chicos en patines que van persiguiéndose y dando vueltas, una pareja de novios que andan despacio, cogidos por la cintura, y un extraño individuo calvo y bigotudo que, sentado en un coche, parece entretenerse resolviendo un juego de crucigramas en el periódico. Los árboles están cargados de yemas color verde pálido, casi blancas, que desentonan con el fondo plomizo del cielo. Hay mucha humedad y hace calor; el aire resulta zumbón y pegajoso, como invadido por el vuelo invisible de un sinfín de mosquitos. Yo camino cabizbajo con la mirada clavada en el suelo, aunque estoy casi seguro de que Pascasie quisiera que yo despegara los ojos del asfalto y me fijara en la chiquilla, que ahora se nos ha adelantado un poco. Por fin me pregunta:

–¿Por qué no hablas, Dodo? Dime en qué piensas.

Le contesto en un tono de voz neutro:

–Estoy pensando en ti.

–¿Y qué piensas?

Medito un instante todavía, y luego lentamente:

–Me estaba preguntando si has leído alguna vez las obras de un novelista que se llama Dostoievski.

–No, no he leído nada de él –contesta ella, con aire circunspecto.

–Pues a Dostoievski le gustaban las chiquillas del tipo de Gesuina, o por lo menos eso es lo que cuentan, porque además de haberle confesado a otro escritor que hacía tiempo había violado a una niña, describió una experiencia parecida en su novela más famosa.

Pascasie me mira de reojo, con aire de desconfianza:

–¿Cómo se titula la novela?

–*Crimen y castigo.*

Entonces ella exclama:

–Claro... *Crimen y castigo*; ya he oído hablar de esa novela. ¿Por qué me preguntas si la he leído?

–Porque si la hubieras leído, entonces comprenderías que lo importante para un escritor no es lo que escribe sino cómo escribe. El hecho de haber vivido o no las experiencias que describe, es lo de menos. En el poema de la africana, todo es fruto de invención, mientras que en la novela de Dostoievski todo lo que se cuenta es verdad. El poeta nunca vio a la africana hacer el amor con la niña, y en cambio el novelista llegó a acostarse con una de ellas, pero la niña del poeta es tan real como la del novelista, y viceversa.

–No sé qué pretendes de mí, Dodo. No te entiendo –exclama Pascasie, ofendida; yo contesto con franqueza:

–Quisiera que no confundieses la literatura con la vida. A lo mejor has creído que me gustan las niñas porque me gusta un poema donde se habla de una mujer que hace el amor con una chiquilla, pero te equivocas. Lo que me gusta no son las niñas, sino el poema.

Pascasie me dedica una larga mirada de soslayo, y comenta:

–A lo mejor, el novelista ese quiso acostarse con la niña sólo para informarse y poder escribir luego.

–No, al contrario. Escribió para librarse de esa experiencia.

Pascasie no se da por vencida y replica:

–Entonces se acostó expresamente con la niña para luego tener remordimientos y poder librarse de ellos en su novela.

–¡No sabía que fueras tan inteligente, Pascasie! –exclamo yo.

–Sí, lo soy, pero tú eres más inteligente que yo –me contesta algo resentida, y en este elogio un tanto forzado se refleja su desilusión por el poco éxito que han tenido hasta ahora las muchas trampas que me ha ido tendiendo.

Ahí están la verja del jardín y el portalón. La tormenta se acerca y el zaguán está casi a oscuras. Observo cómo Gesuina se acerca a la puerta encristalada de la portería, la abre, se asoma y llama a su madre. De las profundidades del sótano llegan, confusas e ininteligibles, las palabras de la madre. Gesuina grita:

–Mamá, voy a casa de Pascasie.

Casi en ese mismo instante, un relámpago ilumina completamente el portal con su luz lívida; Gesuina aún está cerca de la entrada de la portería, pero Pascasie ya ha abierto la puerta de su apartamento y me mira ahora con una peculiar expresión de fría impaciencia.

Entramos. También el piso está a oscuras; Pascasie nos va abriendo paso hacia el cuarto de estar, y a la vez exclama casi con alegría:

–¡Qué tiempo tan horrible!

En ese instante, la lluvia lívida y copiosa del aguacero va formando unas olas de agua que golpean los cristales, como si alguien se hubiera propuesto lavarlos echando cubos de agua. Observo cómo Pascasie pone su mano posesiva en el cuello de la chiquilla, y la empuja hacia la cocina que está al lado, susurrando en voz baja:

–Ven conmigo un momento; tengo que decirte algo.

Me quedo solo y me siento en una de las pequeñas sillas de formica y metal, con la sensación de estar esperando que suceda algo sin saber realmente qué. Mientras tanto, miro los cristales oscuros e inundados de agua y por fin decido para mis adentros que el hecho, cualquiera que sea, que está a punto de ocurrir no me incumbe, y en ningún caso tiene que implicarme. Luego oigo un estruendo ensordecedor; es posible que el relámpago haya caído muy cerca de aquí, en el Tíber quizás. Acto seguido la lluvia aumenta en violencia, y la habitación se vuelve aún más oscura; la luz que penetra por las dos ventanas sólo sirve para iluminar sus contornos. Oigo ahora distintamente, en el silencio que sigue a la explosión del trueno, las voces de Pascasie y Gesuina que hablan o, mejor dicho, discuten en la cocina. En un principio no entiendo qué dicen, pero reconozco los distintos tonos de voz, insistente y autoritaria la de Pascasie, tímida y obstinada la de Gesuina. Se diría que Pascasie ordena y Gesuina se resiste a obedecer; vuelve entonces, inevitable, a mi mente el recuerdo del soneto de Mallarmé, y sin embargo la similitud es demasiado evidente para no resultar falsa. De esta misma forma, en el mismo tono y con la misma intensidad discutieron la «negra por el demonio poseída» y la «niña doliente» del poema, antes de llegar a un acuerdo, pero aquí se acaban las coincidencias; lo demás es literatura. En efecto, al disminuir el rumor de la lluvia sobre los cristales, de repente entiendo qué dicen las dos amigas en la cocina: por lo visto, Pascasie intenta convencer a Gesuina para que me enseñe la libreta con los ejercicios de francés, y Gesuina se niega a hacerlo. Luego, finalmente, las dos aparecen en el umbral de la puerta del cuarto de estar: Pascasie ha logrado obtener lo que pedía y, esgrimiendo el cuaderno, comenta:

–No quería que tú vieras sus ejercicios; tiene miedo de que encuentres muchas faltas, pero es muy buena alumna. Mira tú qué bien ha traducido este cuento.

Me pasa el cuaderno y empuja a Gesuina para que se ponga a mi lado. Yo cojo la libreta de mala gana, empiezo a hojearla, y mientras tanto pregunto:

–¿Qué cuento le has dado a traducir?

–*Perrète au pot au lait*, de La Fontaine.

–Me parece muy bien traducido –comento yo, brevemente.

–Ya lo has oído, Gesuina; también el profesor dice que vales mucho.

No sé qué hacer ni qué decir. Devuelvo el cuaderno a Gesuina y le pregunto a Pascasie:

–¿Por qué no me preparas una taza de té?

En seguida me arrepiento de haber hablado, porque Pascasie, con la misma cruel delectación de un cazador que por fin tuviera ante sí una presa bien visible e ignorante del peligro, exclama:

–¡Un té, y como lo hacemos nosotros, a la africana! En seguida lo preparo; tú, mientras tanto, miras el cuaderno de Gesuina y tú, Gesuina, pon mucha atención en lo que dice el profesor.

Intento detenerla, pues no me apetece en absoluto quedarme solo con la chiquilla:

–No, tú quédate aquí. Del té se va a ocupar Gesuina, que sabe prepararlo muy bien, ¿verdad, Gesuina?

La chiquilla hace una pequeña reverencia y pregunta:
–¿Lo quiere cargado o ligero?
Pascasie, en absoluto satisfecha, interviene:
–¡Tú no sabes hacer el té a la africana!
Gesuina, herida en su amor propio, replica:
–Sé hacerlo muy bien; tú misma me enseñaste.
Para poner fin a la discusión, yo añado en tono tajante:
–Ya puedes ir a preparar el té, Gesuina; estoy seguro de que será excelente. Nosotros te esperamos aquí.
Dicho y hecho: Gesuina sale y me quedo solo con Pascasie, que ya ha dejado de reír y, aunque siga portándose con naturalidad sin perder su talante extrovertido, parece un tanto desconcertada. Nos miramos, y es probable que ella lea en mis ojos algo parecido a un reproche, pues al cabo de un rato me dice:
–Cuando era pequeña, mi padre me mandaba a la parroquia de mi pueblo, donde había un maestro que nos daba clases. Era muy viejo, hacía cuarenta años que vivía en África y tenía unos ojos tan penetrantes como los de un halcón, que me escudriñaban mientras yo hablaba. Cuando me miraba, mi cabeza parecía volverse transparente como el cristal, hasta el extremo de que él podía ver lo que yo pensaba. Contigo me sucede lo mismo que con el viejo maestro. Siempre tengo la sensación de que estás leyendo mis pensamientos.
–¿Por qué me dices esto ahora?
–¿Te acuerdas de la primera vez que viniste aquí? Me explicaste que los dos éramos unos voyeurs: tú me mirabas a mí y yo te miraba a ti.
–¿Y entonces?
Se echa a reír y comenta:
–Ah, mi querido Dodo, no se te puede esconder nada. Cuando tú me has hablado del té y yo te he dicho que iría a prepararlo, pidiéndote que revisaras los ejercicios de Gesuina, me has mirado como si yo tuviera realmente la cabeza de cristal y tú fueras capaz de leer mis pensamientos.
–¿Por qué?

–Porque te has dado cuenta de que yo quería que te quedaras solo con Gesuina.

–¿Y tú por qué te habías propuesto eso?

Se encoge de hombros y me contesta:

–Pues para ver si te gustaba Gesuina.

–¿Qué hubieras hecho entonces, si yo hubiese aceptado quedarme solo con Gesuina?

–Nada de particular. Hubiera pensado que sí, que era verdad que te gustaba Gesuina... En pocas palabras, no era más que una broma.

Por un momento callo y reflexiono. Pienso que ella es sincera cuando dice que no quería ir más allá de la simple broma, y sin embargo esta broma tiene un trasfondo oscuro y difícilmente definible, donde caben tanto la hostilidad de Pascasie hacia mi persona como su complicidad. Mi silencio la inquieta, y de repente pregunta:

–¿Te has ofendido, verdad? No te preocupes, yo no creo que Gesuina te guste; sólo quería saber si te gustaba.

Ahí viene la muchacha. Anda lentamente, llevando entre las manos una bandeja con los vasos llenos de té humeante. Nos dice con su tono áspero de voz:

–He vaciado medio azucarero.

Pascasie coge un vaso y me lo acerca. Bebemos sin hablar. El té es tan dulce y denso como un licor. Pascasie pregunta a Gesuina:

–¿Tú no vas a tomar té?

–No me gusta el té tan dulce. Voy a ver a mamá, que me está esperando.

La chiquilla se levanta, hace una pequeña reverencia y desaparece. En cuanto Gesuina se ha marchado, Pascasie comenta:

–No quería de ninguna manera enseñarte su cuaderno. He tenido que imponerme, amenazándola con dejar de darle clases.

–Probablemente se habrá dado cuenta de que el cuaderno era un pretexto para dejarla sola conmigo –observo yo con cierta frialdad.

Pascasie tuerce la boca en un gesto casi de desprecio:

–No, te temía como profesor, pero como hombre no le dabas ningún miedo. No tienes idea de cómo sabe coquetear cuando se lo propone.

–Tímida con el profesor y coqueta con el hombre.

–Eso es.

Me levantó y digo:

–Ha llegado la hora de irme, Pascasie.

Pascasie no me detiene. Se levanta ella también, y me abre paso hacia el recibidor. Luego se da la vuelta, y al estar frente a frente me dice:

–Si no hubiera encontrado a John, tú serías el hombre ideal para mí. Eres un intelectual, y los intelectuales siempre me han gustado.

Tiende la mano y acaricia mi mejilla mirándome fijamente, con una seriedad que me deja perplejo. Su mano es larga y estrecha, y la piel de la palma es ligera, áspera y fresca. De la mejilla la mano pasa a la nuca, y Pascasie atrae mi cuerpo hacia el suyo de forma rara, casi de lado, como si quisiera decirme algo al oído, de manera que mi oreja se encuentra ahora muy cerca de su boca. Entonces, en vez de hablar, ella besa la oreja, o, mejor dicho, la pilla al vuelo, como si estuviera agarrando un fruto maduro. Su boca se dilata hasta rodearla por completo, y tengo la extraña sensación, nada desagradable por cierto, de que ella se propone tragarme entero, empezando por el pabellón auricular. Luego Pascasie se aparta y me abre la puerta, echándose atrás para dejarme pasar. Yo salgo diciendo:

–Adiós, Pascasie.

–Adiós, mi pequeño voyeur –me contesta ella, alegre.

Una vez llegado al paseo, noto que me zumba el oído, como después de una zambullida en el mar. Me llevo la mano a la oreja, mojada aún por la saliva de Pascasie. Tras el reciente aguacero, sobre el asfalto no quedan más que unos charcos negros y brillantes, y allí se reflejan los árboles, las manchas azules del cielo y las nubes blancas que van pasando.

VII

EL PASILLO DE LOS LIBROS

Es la una de la madrugada, según reza la estridente voz de la campana de una pequeña iglesia de las cercanías, un tintineo que parece más propio de un pueblecito rústico que de una gran ciudad como Roma. Me he echado en la cama descalzo pero sin desnudarme, y leo uno de los muchos libros sobre los efectos de la guerra nuclear que desde hace algún tiempo he ido acumulando en mi pequeña biblioteca, antes compuesta exclusivamente por textos literarios. ¿Por qué sigo leyendo estos libros todos tan parecidos y en el fondo aburridos? Porque, como ya dije al empezar mis memorias, tras tanto leer y tanto cavilar, todavía no consigo «pensar» en la bomba atómica, en el sentido de poder dominar el tema con el pensamiento.

Naturalmente el libro habla de la fisión del átomo, y expone el fenómeno según el cual durante la explosión una masa ínfima se transforma en una enorme cantidad de energía. Pues bien, esta conversión dispar no deja de sorprenderme, hasta el punto de que comenté el tema con un compañero profesor de física en la Universidad, y él me explicó que lo realmente asombroso es la relación asimétrica entre masa y energía; sin embargo, considerando a fondo su respuesta, he llegado a la conclusión de que lo sorprendente para mí no es tanto la asimetría sino algo distinto que, dados mis escasos conocimientos de física, me resulta difícil de explicitar. Resumiendo, lo que de alguna manera no logro «pensar» es el hecho de que la materia, bajo unas determinadas condiciones creadas por la ciencia, pueda ser explosiva, es decir, que el fin de este mundo en el que estoy viviendo esté implícito en su misma composición, que se dé una hecatombe provocada por el fuego en un mundo donde, en condiciones normales, es difícil que el fuego se genere natural y espontáneamente. Este mundo, que en ciertos instantes poéticos y apacibles, como por ejemplo una hermosa mañana primaveral en el campo o en la playa, nos parece tan sereno, dulce y tranquilo, está compuesto en realidad por una furia destructiva demoníaca, aunque totalmente disimulada y absolutamente invisible. Mi incapacidad para pensar en el fenómeno atómico no nace pues de la relación asimétrica entre masa y energía, sino de la idea de que una realidad agradable e inofensiva pueda convertirse de repente en un infierno. Para ser más exactos, me sorprende esa, digamos, falsedad e hipocresía de la naturaleza, que tras haber sido aparentemente derrotada de mil formas distintas, hoy vuelve a recuperar, y con una fuerza más terrible aún, su antiguo rol de enemiga despiadada del hombre.

Al reflexionar sobre estos temas, de repente siento cierta curiosidad por consultar un texto donde el fin del mundo resulta un hecho abordable por el pensamiento: el Apocalipsis, de San Juan. En el fondo se trata de una curiosidad literaria propia del hombre tranquilo y solitario, acostumbrado a leer hasta altas horas de la noche; no es más que un capricho que nace de forma superficial, al preguntarme yo de repente qué me podría reportar la lectura del Apocalipsis; ante la luz cegadora de la explosión atómica, aquellas viejas páginas acaso puedan revelarme algo nuevo y significativo.

Es evidente que se trata de una de esas ideas gratuitas que se le ocurren a uno de noche, cuando lo único que queda por hacer es esperar el sueño reparador en compañía de un buen libro. Sin embargo, en cuanto pienso en el Apocalipsis, surge de rebote la impaciencia de otros tiempos, esa impaciencia de otros tiempos, esa impaciencia del muchacho de entonces, cuando mi afición a la lectura nada tenía de gratuito, y de repente por la noche daba un brinco y salía de la cama completamente desnudo (ya en aquella época solía dormir sin camisa y sin pijama), para correr en busca de una de las muchas estanterías de la biblioteca de mi padre, donde se encontraba cierto libro que se me había antojado leer. Me sabía de memoria la disposición de los volúmenes, e iba derecho al lugar donde se encontraba el libro. Tras estas incursiones, volvía sin aliento a mi habitación, que ya entonces era la misma de ahora, llevando agarrada al pecho la codiciada presa, y volvía a meterme en la cama tan satisfecho como un amante que por fin consiguiese tener en el lecho a la mujer de sus sueños.

Ahora, cuando pienso en releer el Apocalipsis, vuelve el mismo afán de aquellos tiempos: salgo rápidamente de la cama y voy andando descalzo por el pasillo, dirigiéndome hacia el lugar donde siempre supe, desde la adolescencia, que mi padre, relativamente ordenado dentro de su desorden, guardaba los libros de argumento religioso, es decir, la estantería que está justo al lado de la puerta del estudio.

Ahí está el pasillo con su intrincado diseño de líneas curvas y rectas; ahí aparece, bajo la luz débil de una lámpara, la puerta del estudio, y a su lado la estantería; ahí veo la Biblia, cuyo lomo negro destaca entre los otros libros más claros, pero al ir a coger el volumen, oigo un rumor confuso de voces y noto que la puerta del estudio está entreabierta. Me detengo entonces, y aguzo el oído: en el silencio escucho ahora unas palabras pronunciadas por mi padre en tono dulce y a la vez autoritario:

–¡Así no, así no... caramba! Tiene que ser como en la foto.

Otra voz, que en seguida reconozco como la de Fausta, la enfermera, contesta a esta frase sibilina en tono dulce también, pero en absoluto autoritario, sino obediente y sumiso:

–¿De qué foto me habla? Hay tantas...

–Aquella donde lees el libro; ven que te la enseño.

–¿Por qué tengo que venir? Dígamelo de una vez, sin darle tantas vueltas.

–Te he dicho que vengas aquí.

Se oye entonces el ligero rumor de unos pies desnudos sobre la alfombra. Luego Fausta exclama, arrastrando las palabras:

–¡Ah, ésa! Yo no sé ponerme en esa postura...

–Si lo has hecho para el fotógrafo, también puedes hacerlo para mí.

–Bien, de acuerdo, pero ¡vaya bochorno si se presenta el señor Dodo!

–Son las dos de la madrugada, y a estas horas Dodo está durmiendo. Anda, toma el libro y ve a sentarte en el sillón.

–Por mí no hay inconveniente, pero acuérdese de que lo hago sólo para complacerle a usted.

–Ya sé; eres buena chica y lo haces para complacer a un pobre enfermo.

Cuando mi padre pronuncia estas últimas palabras, yo, casi en contra de mi voluntad y como estimulado por el deber de completar con la vista lo que he intuido con el oído, me he puesto ya a observar la escena desde el resquicio de la puerta. Dado el emplazamiento de la puerta, colocada en un rincón del estudio, sólo tengo una vista parcial de la habitación: no veo a mi padre, ni tampoco la parte superior de la cama que va pegada al cabezal; puedo ver muy bien, en cambio, a los pies de la cama, el sillón donde Fausta acaba de sentarse. Está muy echada hacia atrás, con el busto torpemente envuelto en el dichoso jersey rojo, y de cintura para abajo va desnuda. Inclina la cabeza contra el respaldo del sillón, y hojea un libro que tiene entre las manos, un poco más arriba del vientre. Debajo del libro, contrastando con la atención casta y reflexiva propia de la lectura, su pubis negro campea entre los muslos abiertos de par en par, con una ostentación incongruente, aparentemente dispuesta a atraer otro tipo de atención muy distinta. Al ser Fausta pequeña y tener las piernas delgadas, la enorme mata de pelo negro que le cubre el sexo parece postiza, como si la chica hubiera colocado allí un trozo de piel de castor o de oso.

Sigue un largo silencio. Mi padre calla; evidentemente

está mirando el espectáculo de aquella extraordinaria vellosidad; Fausta, por su parte, muy dispuesta ella, cumple con su papel de actriz hasta el punto de ir pasando las hojas del libro mientras va acomodándose mejor en el asiento, como si tuviera previstas unas horas de plácida lectura. No puedo por menos de pensar en el curioso intercambio contemporáneo y diferenciado de miradas que se está produciendo: Fausta mira el libro, mi padre mira aquella especie de piel de oso que reposa entre sus piernas abiertas de par en par, y yo miro a Fausta y a mi padre, aunque a él no le vea, para observar el tipo de relación que se ha ido creando entre ellos. Al final vuelvo a oír la voz de mi padre:

–Muy bien, pero ahora hazme otro pequeño favor: enséñamelo de verdad.

–¿No tiene usted bastante con esto?

–Anda, que me has comprendido muy bien; verlo de verdad significa verlo abierto.

–Si eso es lo que quiere, entonces necesito tener las manos libres, y no puedo aguantar el libro.

–Pues ¡fuera libro!

–Cuando posé para la foto, nadie me pidió a mí eso.

–La foto era para todos; lo de ahora es sólo para mí. Ya sabes que soy un pobre enfermo, y tú ¿no quieres darle una limosna a un pobre enfermo?

Tras estas palabras, pronunciadas con un insólito acento, tan patético que casi parece sincero, veo que Fausta deja de lado el libro deliberadamente, llevándose las manos al vientre, y entonces me aparto casi con violencia del resquicio de la puerta. ¿Qué me impide seguir mirando? No se trata tanto de un tardío afán de discreción, como de la convicción de estar asistiendo a la misma escena de exhibicionismo y de voyeurismo de la que fui protagonista hace pocos días en el restaurante chino. Yo también, como mi padre, le pedí a Silvia que me enseñara el sexo, y Silvia, al igual que Fausta, se exhibió, contenta de que alguien la mirara. Sin embargo, lo nuestro fue un acto de amor, mientras que ahora, al ser mi padre y la enfermera los protagonistas de la escena, el hecho me repugna hasta el extremo de tener que apartar la mirada. Soy víctima de ese contradictorio sentimiento de rechazo que siempre se siente al experimentar el propio erotismo en cuerpo ajeno, pero esta vez con un agravante: que ahora el otro es mi padre, quien, además, representa para mí un compendio de todo lo que yo siempre he negado y condenado.

Saco por fin la Biblia de la estantería y vuelvo a mi habitación lentamente, sin aquella alegre animación, tan típica de las incursiones nocturnas de mi adolescencia. Luego vuelvo a echarme en la cama y abro el texto en las páginas del Apocalipsis, pero una idea repentina me distrae y hace que olvide por un momento la lectura. Veamos: puesto que mi padre y yo nos parecemos hasta el punto de comportarnos de idéntica forma en un tipo de relación tan íntima como puede ser la del exhibicionista y el voyeur, ¿por qué entonces sigo odiándole? Pues porque me he reconocido en él como en un espejo, y la imagen reflejada no me ha gustado. Resumiendo, una de dos: o absuelvo el espejo y por lo tanto me absuelvo a mí mismo o, de lo contrario, condeno al espejo y a mí mismo. A decir verdad, existe una tercera alternativa: puedo muy bien no mirarme en el espejo y seguir odiando a mi padre no tanto por lo que nos une, como por lo que nos separa. Sin embargo, ¿esta momentánea y parcial analogía de nuestras conductas no deja acaso entrever imprevisibles puntos de contacto también en otros campos? En pocas palabras, ¿es posible que yo sea simplemente una nueva versión puesta al día de mi padre, un representante más de esa misma sociedad, aunque con la coartada del movimiento contestatario?

De repente me canso de pensar en mi padre y vuelvo a la Biblia. Encuentro las primeras páginas del Apocalipsis y sigo adelante con la lectura, deteniéndome en todos aquellos puntos que me resultan más reveladores: *Y el primer ángel tocó la trompeta, y se produjo pedrisco, y fuego mezclado con sangre* (¿será la lluvia negra que sigue a la explosión, eso que llaman *fall-out*?). *Y fue arrojado sobre la tierra. Y ardió la tercera parte de la tierra* (según el cálculo de los expertos, serían dos tercios). *Y ardió la tercera parte de los árboles, y ardió toda la hierba verde.*

Y el segundo ángel tocó la trompeta, y como una gran montaña llameante de fuego fue arrojada al mar (¿quizás una bomba de muchos megatones lanzada por equivocación al océano?). *Y una tercera parte del mar se convirtió en sangre, y murió la tercera parte de criaturas que viven en el mar, y quedó destruida la tercera parte de las naves* (¿acaso una batalla naval con armamento atómico?).

Y el tercer ángel tocó la trompeta, y una gran estrella que ardía como una antorcha (¿alguna plataforma estelar alcanzada por un rayo láser?) *cayó del cielo sobre la tercera parte de los ríos* (¿los ríos de la URSS o de los Estados Unidos?) *y sobre las fuentes de las aguas. La estrella tiene por nombre Ajenjo* (justo el tipo de nombre, poético y alusivo al mismo tiempo, con que los militares bautizan sus artefactos). *Y una tercera parte de las aguas se convirtió en ajenjo* (¿contaminación radiactiva?) *y murieron muchos hombres a causa de las aguas porque se habían vuelto amargas* (es decir, radiactivas).

Y el cuarto ángel tocó la trompeta (¿esos ángeles no serán acaso jefes militares y políticos encerrados en sus aviones supersónicos o ingenieros nucleares enterrados en sus refugios blindados?). *Y fue herida la tercera parte del sol, y la tercera parte de la luna, y la tercera parte de las estrellas, con que perdieron un tercio de luminosidad, y el día perdió un tercio de su fulgor, e igualmente la noche* (quizá sea la noche provocada por el llamado invierno nuclear).

Es evidente que los datos sobre la guerra nuclear ahí están, aunque enmascarados por la prosa del tiempo, densa de metáforas justamente apocalípticas: la explosión de numerosas bombas de tipo medio, de dos megatones; la lluvia de polvo y residuos radiactivos que sigue a la explosión; la muerte provocada por el fuego, la radiactividad, el hambre, el frío... No falta nada, tanto para el creyente que se toma en serio las imágenes del *Apocalipsis*, como para el no creyente, por ejemplo yo, que observa la realidad actual a través de aquellas imágenes. Sólo hay una diferencia entre el creyente y el no creyente: tras el Apocalipsis literario de San Juan viene el reino de Dios; tras el Apocalipsis real de nuestros días, en cambio, sólo existe la nada.

De repente también me canso de tanto pensar en el fin del mundo; dejo de lado la Biblia y vuelvo con cierto alivio a recordar la escena de exhibicionismo a la que he asistido hace un momento. Hay dos detalles que atraen mi atención: para empezar, la complacencia de Fausta, que resulta un tanto insólita si tenemos en cuenta sus quejas a propósito de las libertades que mi padre se tomaba con ella, y luego las misteriosas alusiones, en su diálogo, a unas fotos donde Fausta aparece desnuda de cintura para abajo y con las piernas abiertas de par en par.

Resuelvo fácilmente el primer enigma decidiendo que el cambio de actitud de Fausta con respecto a mi padre no se debe a una cuestión de interés o servilismo, sino a su bondad instintiva, casi animal, que se refleja a menudo en la expresión conmovida de su mirada. Sí, Fausta se prestó a mostrar su sexo a mi padre para darle aquella limosna que él hipócritamente le pidió, con falsa y libidinosa humildad.

Queda por resolver el enigma de las fotos. Evidentemente, existen unas fotos donde Fausta aparece en esas mismas posturas exhibicionistas que hace un momento volvió a reproducir para complacer a mi padre. Evidentemente, mi padre sabía de esas fotos, y más aún, las tenía en sus manos durante la breve discusión anterior a la exhibición. Pero ¿quién las hizo? ¿En qué ocasión? ¿Por qué? ¿De qué forma llegaron hasta mi padre? Estas preguntas, aunque no encuentren respuesta, sirven para que yo vaya cavilando hasta formular algunas hipótesis: el fotógrafo sería el novio, muy ufano él, como a menudo son los novios, y habría decidido hacerle unas fotos a su chica, pero entonces, ¿por qué retratarla en una postura indecente? Y además, ¿por qué motivo Fausta enseñaría las fotos a mi padre? Y, para rematar el asunto, mi padre va y dice que las fotos esas son para todo el mundo... Dándole vueltas a estas y otras cuestiones, caigo vencido por el sueño.

No sé cuánto tiempo me quedo dormido. Es posible que, al estar a la vez cansado y nervioso, haya dormido sólo algunos minutos, pero con tanta intensidad que al despertar tengo la sensación de haber descansado durante horas. De repente me despierto absolutamente relajado y lúcido, y en seguida intuyo que hay alguien conmigo en la habitación. En efecto, ahí está Fausta, que me contempla inmóvil sentada a los pies de la cama, como si estuviera esperando que yo despertara.

Asombrado por la aparición, le pregunto a qué ha venido, sin relacionar su presencia con la escena que hace un rato espié desde el resquicio de la puerta. Ella me contesta algo confusa:

–Hace mucho que le estoy mirando. Dormía tan a gusto que no quise despertarle.

Ahora empiezo a recomponer los hechos: la búsqueda de la Biblia, la puerta entreabierta, la voz de Fausta y de mi padre... Miro a mi alrededor: la Biblia ha caído al suelo y la lámpara todavía está encendida:

–¿Por qué has venido?

Me mira con esos ojos de muchacho, de granuja diría yo, tan negros, tan dulces y tan listos:

–A ver si adivina...

Contesto con impaciencia y hastío:

–Ya sé, me viste en el pasillo. No falla: yo te veía a ti y tú me veías a mí, pero dime de una vez por qué has venido.

–Y usted, ¿por qué se fue? –replica ella en son de desafío.

Se me ocurre pensar que en estas palabras queda expresada toda la desilusión del exhibicionista que por algún motivo ha tenido que renunciar a la atención del voyeur; sin embargo insisto:

–Antes que nada, tienes que decirme por qué has venido.

–Porque no quería que usted tuviera una mala opinión

de mí. Si hice lo que hice, no fue por interés, sino por complacer a su padre; se lo juro –contesta ella ingenuamente.

–Te creo; lo hiciste porque eres buena chica.

Ella no da importancia a mis palabras, y continúa:

–Además, pensé que era un gran hombre y que se lo merecía.

Esta curiosa justificación me deja perplejo:

–¿Se lo merecía?

No me contesta; parece meditar, ya que de alguna forma mi pregunta le ha hecho dudar de la grandeza de mi padre. Por fin me dice con voz un tanto incierta:

–Todo el mundo dice que es un gran hombre.

–Efectivamente lo es –apruebo yo sin reparo alguno.

Mi aprobación le da valor para seguir insistiendo:

–Me gustaría saber por qué se fue.

–Me perdí lo mejor, ¿verdad? –añado yo, sarcástico.

Ella protesta con infantil vanidad:

–Todos me dicen que lo tengo precioso.

Yo dudo por un instante; luego decido ser franco:

–Digamos que me fui para no hacer lo mismo que mi padre.

Parece comprender, o por lo menos finge comprender, y exclama ingenuamente:

–¿Sabe por qué quise complacer a su padre? Pues ahora se lo digo: lo hice porque me di cuenta de que usted me estaba mirando.

No puedo resistir la tentación de pensar que vuelve a repetirse la situación descrita en el poema de Mallarmé, donde un observador casual espía los juegos eróticos de una pareja; sin embargo hago una objeción:

–Pues hace un momento decías que le diste esa satisfacción para complacerle, y porque es un gran hombre. ¿En qué quedamos?

Se encoge de hombros y me dedica una mirada socarrona y cómplice:

–¿A usted qué le parece...?

–Ni me parece ni me deja de parecer. Ahora dime algo

de esa historia de las fotos que mi padre te señalaba como modelo –replico yo, secamente.

Me contesta con un gesto displicente pero desenfadado, como si se tratara de un asunto sin importancia y ya resuelto hace tiempo:

–Sí, hombre; son las fotos de la revista.

–¿Qué revista?

Me dice el título de una de esas revistas sexy y explica:

–En esta publicación aparecieron algunas fotos mías. Me las había hecho el fotógrafo con el que salía entonces. Eran tiempos difíciles, no teníamos dinero, y además él me convenció de que yo podía triunfar como modelo, así que acepté, pensando que nadie iba a reconocerme. Sin embargo, luego me arrepentí porque dejamos de salir y él no me dio ni un duro. Así que, cuando los de la revista nos propusieron repetir el trabajo, yo me negué.

–¿Y cómo se las compuso mi padre para dar con la revista?

–Yo misma se la enseñé. Un día, charlando, le conté lo de mi relación con el fotógrafo, y él entonces quiso ver la revista. Yo se la di, pensando que así se entretendría y la cosa no iría a más, pero desde aquel momento no hubo manera de que me dejara tranquila. Quería que posara para él, como en las fotos, y por fin esta noche decidí complacerle. –Tras un instante de duda, me pregunta–: ¿Quiere ver la revista?

Sorprendido ante esta propuesta tan repentina, me limito a decir:

–No sabía que la tuvieras aquí. ¿La llevas siempre en la maleta?

Me contesta algo cohibida pero sincera:

–Es que de vez en cuando la miro. Para mí estas fotos son un recuerdo, como esas que se hacen en las excursiones. Además no quería dejar la revista en casa porque tenía miedo de que la viera mi tía.

–No hace ninguna falta que me enseñes la revista. Ya

tengo bastante con lo que vi hace un rato –contesto yo, algo aburrido.

–Usted me vio, digamos, al natural. En las fotos las cosas cambian –objeta ella.

–¿Es decir?

–Es que las fotos son artísticas.

–¿Artísticas?

–En el pasado los artistas pintaban a sus modelos; ahora hacen fotos, pero es lo mismo.

Por fin me rindo y digo:

–De acuerdo, enséñamela.

Da un brinco de alegría y desaparece tras la puerta corriendo. Al cabo de un instante vuelve a aparecer con la revista en la mano y el rostro encendido por el esfuerzo. Se me echa encima con mucho entusiasmo, ciñéndome los hombros con su brazo; mientras tanto, yo voy hojeando la revista:

–Estoy en las páginas centrales. Incluso me dedicaron el póster de la chica del mes.

Efectivamente, ahí está Fausta, echada boca abajo con su jersey rojo, el trasero al aire y una mirada dulce y socarrona dirigida al anónimo lector. En las otras páginas la postura es más o menos la misma que la de antes, en el estudio de mi padre. Al mirar el póster, comento en son de broma:

–Es como si estuvieras esperando que alguien te pusiera una inyección de vitaminas.

Suelta una carcajada, como si mis palabras indulgentes fueran para ella un alivio. Luego me pregunta:

–¿Verdad que son bonitas... quiero decir, artísticas?

–Sí, son artísticas.

Ella confiesa suspirando:

–Ya le dije yo a su padre que se contentara con verme en la misma pose que en las fotos, pero él, erre que erre, quiso algo más, porque según él las fotos eran para todo el mundo y yo tenía que hacer algo especial sólo para él. Pero vamos a ver: digo yo que aquellos pintores que retrataban a sus modelos, no se empeñaban en mostrar cómo estaban hechas por dentro. Pintaban lo que estaba a la luz del sol, y nada más.

–Mi padre no es un pintor –comento yo como para mis adentros.

–Ya sé, pero ¿qué es entonces?

–Tú misma lo has dicho: es un gran hombre.

Cierro la revista y se la devuelvo. Ella interpreta mi silencio como un reproche y me pregunta ansiosa:

–¿Verdad que no hago mal papel?

–Al contrario, has quedado muy bien.

En un explosivo arranque de agradecimiento, me pregunta impetuosamente:

–¿Puedo darle un beso?

Sin darme siquiera tiempo para contestar, me echa los brazos al cuello y me da un beso en la boca. Me sorprende el enorme tamaño de la lengua de Fausta, y por analogía de proporciones con respecto a su diminuta constitución, vuelvo a recordar la enormidad de su vello púbico. Fausta, tan pequeña, tiene la lengua gruesa y rugosa de un ternero, y con ella va explorando mi boca concienzudamente, hasta el último rincón. Al cabo de un rato se aparta y me dice:

–Yo a usted le quiero.

No puedo por menos de preguntar:

–¿Le has dado alguna vez un beso así a mi padre?

–No señor; no pienso darle ni un solo beso.

–¿Cómo tengo que tomarme este beso, entonces?

–¿Le ha gustado?

–Sí.

–Pues tómelo como un regalo, como si fuera un ramillete de flores. Ahora tengo que irme; si su padre llega a saber que estoy aquí, mal lo veo. La verdad es que está celoso de usted.

–¿Celoso de mí?

–Pues sí. ¿Sabe qué me preguntó el otro día, mientras le estaba dando un masaje? Quiso saber si en mi opinión la tenía más grande él o usted.

–Y tú, ¿qué le contestaste?

–Hubiera querido ser sincera y decirle que no lo sabía, pero luego pensé que era mejor complacerle, y le dije que tenía la partida ganada. Bien, ahora me voy. Adiós.

Fausta se va corriendo, y yo me quedo meditando sobre el significado de la palabra «regalo», que ella ha utilizado al hablar del beso. Creo que tiene razón: con su beso Fausta se ha propuesto hacerme un regalo, del mismo modo que, exhibiéndose para mi padre, entendía hacerle un favor; un regalo y un favor que para ella tienen el mismo valor que un ramillete de flores cogidas en el campo. Mientras voy reflexionando me desnudo, me meto en la cama, y en seguida me duermo.

VIII

LA BOFETADA

Estoy sentado en el sillón a los pies de la cama de mi padre. Tengo encima de las rodillas el periódico que he comprado hace un instante en el quiosco de la callejuela de abajo. Él duerme, y yo lo miro. Normalmente suelo encontrarle despierto y a la espera del desayuno, con la espalda apoyada en unas almohadas y el pelo bien aviado, aunque no haya llegado todavía el momento del aseo completo. Sin embargo, esta mañana las cosas parecen ir de otra manera. En la cocina no he encontrado la bandeja con el desayuno; todo estaba apagado y oscuro, y Fausta no aparecía, pues posiblemente había salido para comprar el pan y el yogur. Por primera vez desde que está enfermo, mi padre aún duerme, y yo decido dejarle descansar.

Desde el sillón veo su cabeza reclinada sobre la almohada en un gesto de abandono, con esa expresión relajada e indefensa que es propia del sueño y de la muerte. Observo sin particular atención su pelo alborotado, las cejas prominentes y revueltas, las aletas de su imperiosa nariz visibles de abajo hacia arriba, y la expresión de su boca, que en el sueño se me antoja más disgustada que desdeñosa. Me entretengo luego mirando su mejilla o, mejor dicho, una pequeña verruga clara que asoma al lado de la oreja. A menudo de niño me quedaba mirando a mi padre mientras se afeitaba, y me sorprendía su precaución a la hora de pasar la maquinilla por la verruga, poniendo mucho cuidado en no cortarse. Sin embargo, hoy mi interés por aquella mínima excrecencia de piel es distinto, pues al mirar esa mejilla tan flaca pero aún colorada, siento nacer en mí un repentino y absurdo impulso de golpear a mi padre en la cara, y el aspecto más curioso de esta tentación es el hecho de que resulte totalmente ajena a cualquier sentimiento de hostilidad. En todo caso, la cuestión parece remontarse a una experiencia pasada, ya vivida hace años, pero ¿de qué se trata?

Me pongo a reflexionar sobre el asunto, pero sin éxito; los recuerdos yacen ocultos en la zona más oscura de la memoria, y allí permanecen. Luego se da otro hecho insólito en esta mañana de por sí tan insólita: la puerta del estudio que comunica con la habitación donde duerme Fausta se abre y aparece la enfermera.

En seguida me doy cuenta de que acaba de levantarse. Aunque lleve el jersey rojo y los tejanos de siempre, parece como deslumbrada y perpleja. Tras arreglarse el pelo alborotado con la mano, me pregunta en tono de desagradable sorpresa:

–¿Qué hora es?

Yo la informo; ella se me acerca entonces, y señalando con la mirada el cuerpo relajado de mi padre, murmura:

–Déjalo descansar, que lo necesita. Mientras tanto, iré a comprar el pan.

Yo no puedo por menos de preguntar:

–¿Os acostasteis muy tarde anoche?

Contesta rápidamente y en tono alusivo:

–Y tan tarde: las tres.

–¿Por qué?

–Ahora tengo que bajar. Ya hablaremos –replica ella impaciente, un instante antes de desaparecer.

Me quedo solo, e intento averiguar el significado de este «ya hablaremos». El esfuerzo por comprender qué se esconde tras la reticencia de Fausta, curiosamente sirve para desbloquear mi memoria, y de repente se desvanece el misterio sobre las razones que me han impulsado a golpear la cara de mi padre mientras duerme. Intuí que se trataba de algo ya pasado, ya hecho, y ahora recuerdo muy bien qué hice y cuándo pasó todo.

Así fueron las cosas: cuando niño, en un momento de rabia, di a mi padre una bofetada torpe y débil, desde luego, pero en aquel entonces yo tuve la sensación de que el golpe había sido violento e incluso profanador. Después de tantos años, no me es fácil definir ahora el extraño sentimiento, mezcla de remordimiento y miedo, que me inspiró en aquel momento este sorprendente acto de rebelión filial. Además, lo que de verdad me importa no es recordar el pasado, sino descubrir por qué hace un instante tuve la misma tentación, al observar la mejilla de mi padre mientras él yacía dormido.

Intento recordar el episodio en detalle, y sorprendentemente compruebo que la memoria me lo devuelve intacto, con esa precisión que es propia de las experiencias nunca del todo olvidadas ni superadas. Cuando sucedió yo tenía entre siete y nueve años. Mi madre, que moriría al cabo de tres años de una enfermedad para mí entonces misteriosa y que luego se me reveló como un cáncer de ovarios, mantenía con mi padre la típica relación que suele establecerse entre una mujer modesta y ajada y un hombre brillante, en el apogeo de la virilidad y del éxito social. Mi padre ya no la quería, si es que la quiso algún día; no dormían en la misma habitación, ni salían juntos por la noche; él pasaba el día fuera de casa y sólo volvía a la hora de la siesta, pretendiendo que nadie le molestara. Lo que mejor recuerdo de mi madre en aquel entonces es su aspecto físico, donde lógicamente yo veía reflejado no sólo su carácter, sino también el tipo de relación que mantenía con mi padre. Es como si la tuviera ahora ante mis ojos: una mujer ya entrada en años y agobiada por un indefinible halo de desesperación; rubia, con el rostro algo alargado y caballuno y unos pequeños ojos hundidos de un color azul muy intenso, la punta de la nariz curvada hacia arriba y la boca grande y sensual. Su figura alta y delgada, ese cuerpo desgarbado y todo huesos, mostraba a veces unas curvas imprevistas, como un árbol seco que aún llevara en sus ramas algún fruto maduro: unos pechos voluminosos y colgantes, el marcado perfil de las nalgas, y los tobillos prominentes y algo torcidos. Es probable que mi padre se hubiera casado por conveniencia, pues mi madre pertenecía a una familia acomodada, por no decir rica. Sin embargo, yo la recuerdo siempre sumisa y ansiosa, como si el dinero no le hubiese servido para hacerse valer ante el marido. ¿Era buena madre, mi madre? Ha quedado grabado en mi memoria un rasgo de amor materno de alguna forma patético: cada mañana, muy temprano, ella venía a despertarme y a abrir la ventana. Entraba con ímpetu en la habitación oscura con la bata puesta, se iba derecha hacia los cristales y las persianas, que abría de par en par reclinándose sobre el alféizar. Al moverse de esa forma tan enérgica, era inevitable que se le abriera la bata, de manera que la luz repentina del día mostraba a mis ojos aún adormecidos su figura envuelta en un camisón de noche de transparente gasa rosa o azul completamente arrugada, bajo la cual asomaban los grandes pechos que iban colgando, apoyados en las costillas. Llevado por el formalismo propio de la infancia, me escandalizaba más por el desorden que por la vista del cuerpo desnudo; hubiera preferido que ella viniera a despertarme correctamente vestida, y a menudo estuve a punto de preguntarle por qué se presentaba en camisón sin vestirse antes, pero luego callaba, tanto por timidez como por compasión. No hubiera podido explicar por qué me compadecía de mi madre; quizá me conmoviera la energía al mismo tiempo triste y ansiosa con que se reclinaba sobre el alféizar todas las mañanas, o acaso yo intuía en ese acto de violencia el afán desesperado de la esposa abandonada por compensar con el amor materno la falta de amor conyugal.

En aquella época yo hacía colección de sellos, como muchos otros niños de mi edad. Ante mi pasión de coleccionista, mi padre y mi madre se portaban de forma muy distinta: mi madre, que no entendía nada del asunto, a menudo me regalaba unos sellos que yo ya tenía o que no me interesaban por ser demasiado comunes. Mi padre, en cambio, era un conocedor del tema, pero muchas veces olvidaba mi colección por negligencia. Sin embargo, existía entre nosotros un acuerdo tácito que le obligaba a guardar para mí todos los sellos que vinieran en las cartas remitidas desde el extranjero, y, no obstante su indiferencia, hasta entonces mi padre siempre había respetado el compromiso.

Un día entreví encima de su mesa de trabajo un sobre amarillo donde iban pegados unos sellos grandes y de muchos colores que creo recordar procedían del Vaticano. No sé si por olvido de su compromiso o, más probablemente, por la necesidad de conservar el sobre hasta no haber contestado la carta que contenía, mi padre siguió guardando «mis» sellos encima de su mesa, y cuanto más yo los miraba, más los deseaba. ¿Qué hacer? Sabía muy bien que hubiera bastado con ir a mi padre y pedirle los sellos, pero el respeto hacia nuestro acuerdo me refrenaba: si era cierto que existía un compromiso tácito en lo referente a los sellos de su correspondencia, mi petición hubiera podido entenderse como una falta de confianza. Al final, me decidí por una solución intermedia: yo no iría directamente a pedir los sellos, pero mi madre los pediría por mí.

Aproveché la hora de la siesta de una calurosa tarde del mes de junio, a sabiendas de que aquél era el único momento en que mi padre estaría seguramente en casa, y fui a la habitación de mi madre. Aunque de costumbre solía entrar sin pedir permiso, el excepcional motivo de mi visita me impuso una discreción excepcional, de manera que llamé tímidamente a la puerta, y al ver que nadie me contestaba, volví a intentarlo con más fuerza. Entonces oí la voz de mi madre que decía:

–¿Eres tú? Espera un momento. –Por el tono de su voz, al mismo tiempo sorprendido y alegre, yo hubiera muy bien podido deducir que aquellas palabras no iban dirigidas a mí, pero la pasión filatélica me cegaba, así que me limité a pensar que de momento no podía entrar, y me quedé esperando un buen rato, hasta que volví a oír su voz impaciente y aguda que gritaba–: Ya puedes entrar... Pasa, pasa.

Me bastó con verla, de pie en el centro de la habitación, anudándose febrilmente el cinturón del corto albornoz de toalla blanca, para darme cuenta de que me había equivocado: mi madre me había confundido con otra persona, evidentemente con mi padre. Además ella confirmó mis sospechas, pues al verme soltó un «Ah, conque eres tú», donde aquel «conque» resumía toda su desilusión.

Por un momento tuve la tentación de soltar una mentira cualquiera y de salir corriendo, pero el deseo de los sellos pudo conmigo, de manera que le conté rápidamente, en tono de exasperado reproche, el motivo de mi visita, procurando dejar bien claro que los sellos en cuestión ya eran prácticamente míos y que ella no tenía más que recordar a mi padre mi justo derecho de posesión, consagrado hacía ya tiempo por otras entregas similares. Mientras iba hablando, vi que el rostro de mi madre cambiaba de expresión: su mirada contrariada y cargada de desilusión, era ahora atenta y casi calculadora. Al final se me acercó y, acariciándome la cabeza con un ademán dulce y perplejo, me preguntó en tono afectuoso:

–¿Quieres los sellos en seguida, o prefieres que se lo comente a papá esta noche? Él ahora está descansando y no quiere que le molestemos.

Instintivamente comprendí que mi madre me proponía un falso dilema, y que, al hablar de «esta noche», ella sólo pretendía salvar las apariencias de un supuesto respeto por la siesta de mi padre. Intuí que en realidad mi madre, por motivos suyos personales, pretendía que yo cargara de alguna forma con la responsabilidad de interrumpir el descanso paterno. Estando así las cosas, ante esta propuesta mal disimulada, no me resultó difícil contestar en voz alta y con aire muy decidido:

–Los quiero ahora mismo.

La mano de mi madre fue entreteniéndose sobre mi cabeza, alborotando con los dedos los mechones de pelo que me caían en la frente. Luego repitió en tono interrogativo:

–Entonces, ¿los quieres en seguida? –Y tras un instante continuó–: De acuerdo, ahora voy y se los pido. Es un sobre amarillo que está encima de su mesa, ¿verdad? Tú espérame aquí; a lo mejor puedo cogerlo sin despertarle.

Al decir estas palabras, salió de la habitación dando unos pasos rápidos y casi danzarines, que no dejaron de sorprenderme.

Naturalmente, en cuanto se hubo marchado yo desobedecí sus órdenes y fui tras ella, aunque procurando mantenerme a distancia a fin de que no reparara en mi presencia. Iba delante de mí por el pasillo, caminando a buen paso y con el corto albornoz pegado a las pantorrillas, animada por un entusiasmo que yo intuí ajeno a nuestra conversación. Por fin se detuvo ante la entrada del estudio, esperó un momento sin llamar, y luego hizo girar muy lentamente el pomo de la puerta como si tuviera la intención de coger el sobre sin despertar a mi padre. Acto seguido se introdujo en el estudio dejando la puerta entreabierta, pues al parecer quería salir de allí en seguida y sin hacer ruido.

Al ir recordando este episodio, me doy cuenta de que alguien podría pensar que mi vida está llena de puertas entreabiertas, pero eso no es cierto. Bien mirado, la única puerta realmente entreabierta en toda mi vida fue la del estudio de mi padre en aquella bochornosa tarde de junio de hace veintisiete años. Desde entonces la relación con mi padre no volvió a ser la misma, e incluso puedo decir que dejé de considerarle como padre.

Al ver que la puerta estaba entreabierta, me quedé un rato esperando, pues al decirme mi madre que cogería el sobre sin despertar al marido, pensé que la operación se resolvería en un par de minutos. Sin embargo, mis cálculos estaban equivocados, y la espera fue prolongándose. Me quedé allí mucho tiempo, contando los segundos y los minutos, hasta que decidí dar un ligero empujón a la puerta para ver qué sucedía en la habitación.

El escritorio estaba, y sigue estando, a la izquierda de la puerta, de manera que lo primero que hice fue mirar hacia ese lado para ver qué pasaba con mis sellos. Vi entonces encima del tablero de la mesa una cabeza que me pareció como decapitada, ya que el resto del cuerpo quedaba fuera de mi ángulo visual. Esta cabeza aplastada contra el tablero era la de mi madre, y la mano de mi padre le apretaba la nuca, obligándola a permanecer inmóvil en aquella posición tan rara e incómoda. Yo sólo podía ver una parte del brazo de mi padre, pero eso fue suficiente para darme cuenta de que él estaba detrás, echado encima de ella, de modo que su peso la obligaba a doblarse sobre la mesa. Tuve la sensación de estar asistiendo a una escena violenta, y de una violencia inexplicablemente aceptada hasta sus últimas consecuencias, no sólo por la postura rebuscada de mi madre, sino también por la expresión de su rostro, donde las pupilas inmóviles y la boca crispada por el esfuerzo de reprimir un grito, me hacían pensar en una cabeza decapitada justo en los momentos que siguen al suplicio. Aplicando mi lógica infantil, deduje que mi padre estaba infligiendo a mi madre algo parecido a un castigo, pero al mismo tiempo descubrí en ella una misteriosa complicidad. En efecto, vi que no se rebelaba, y se me ocurrió pensar que la mano que la mantenía aplastada contra la mesa era innecesaria, pues mi madre se hubiera quedado allí doblada aunque nadie la presionara.

Todo lo que vi, pensé y experimenté entonces fue cuestión de unos instantes. Luego la voz sorda y ansiosa de mi padre rompió el silencio:

–Ahora dime que eres mi querida marrana; si no me lo dices te retuerzo el pescuezo.

Al recibir esta orden, la cabeza truncada balbució dócil y afanosamente:

–Sí, tú lo sabes... Yo soy tu marrana.

–Dilo otra vez.

Sin embargo, en vez de contestar, la cabeza truncada emitió un largo y quejumbroso gemido, como si un insoportable dolor la estuviera acuciando. Me alejé de la puerta asustado.

Tengo que reconocer que si huí no fue sólo por el espectáculo de aquella cabeza de mártir truncada, sino también por un impulso propio de mi avidez infantil. Efectivamente, había comprobado que, aun yaciendo aplastada bajo el peso de mi padre, mi madre tenía el brazo doblado encima del escritorio y en la mano, que estaba ahora muy cerca de la boca, llevaba agarrado el gran sobre amarillo con los sellos del Vaticano.

Hoy puedo explicar de alguna manera esta imagen de la mano que sigue con el sobre agarrado en el momento del coito: mi madre entró en el estudio y mi padre, viéndola desde el sofá en el que estaba tendido, sintió el repentino deseo de poseerla, y se le echó encima justo en el instante en que ella iba a coger el dichoso sobre, claro pretexto de su visita.

Sin embargo, en aquel momento no comprendí el verdadero motivo por el cual mi madre agarraba el sobre, igual que un náufrago arrastrado por las olas que intentara salvar a toda costa un objeto precioso de la violencia conyugal. Sólo se me ocurrió pensar que a fin de cuentas mi madre había mantenido su promesa, y que yo no podía hacer más que volver a su habitación y quedarme allí esperando a que viniera.

Me fui entonces, andando de puntillas, pero al llegar ante la puerta del cuarto de mi madre no me detuve y, sin saber por qué, decidí refugiarme en mi habitación. Me senté luego en la mesa y empecé a hojear mecánicamente el álbum de los sellos. ¿Por qué no me quedé esperando a mi madre en su cuarto, tal como ella me había dicho? Acaso es posible que de repente me diera cuenta de que había utilizado mi petición de ayuda en su provecho, y que se avergonzara de haber recurrido a ella.

Esperé un buen rato; luego, el ruido de una puerta que se abría a mis espaldas me hizo comprender que ella dejaba la habitación de mi padre y que venía a traerme los sellos. Sin embargo, no me di la vuelta, pues quería demostrarle que en aquel momento la cuestión de los sellos me era indiferente. Oí entonces tras de mí unos pasos distintos de los de mi madre, y al mismo tiempo me llegó la voz de mi padre que decía:

–Aquí tienes tus sellos, Dodo.

Al darme la vuelta, vi que mi padre me sonreía amablemente, tendiéndome el sobre amarillo arrugado por los convulsos gestos de la mano materna.

Aún hoy no consigo comprender qué pasó por mi cabeza en aquel instante. Le contesté bruscamente:

–Ya no los quiero.

Al decir estas palabras, pegué un gran golpe en la mano de mi padre, pero justo entonces él estaba inclinándose hacia mí, de manera que la bofetada no fue a dar en su mano, sino que le alcanzó en pleno rostro, en la mejilla. Naturalmente él no se puso nervioso; sólo se limitó a exclamar sorprendido, pero en el fondo indiferente:

–¡Qué maneras son ésas!

Luego dejó los sellos encima de la mesilla de noche y se fue. Al llegar a este punto, hay un vacío en mi memoria. ¿Qué hice de los sellos? ¿Volví a pensar luego en lo que había pasado? ¿Cuáles fueron entonces mis sentimientos hacia mis padres? ¿Qué pasó entre nosotros cuando volvimos a vernos por la noche, a la hora de la cena? ¿Cómo se portaron conmigo mis padres? No me acuerdo de nada, absolutamente de nada. Es evidente que la realidad me había trastornado, y por instinto decidí comportarme como quien no está del todo seguro de haber visto las cosas tan increíbles que ha tenido ante sus ojos, y aplacé la búsqueda de una posible verdad hasta el momento en que pudiera reflexionar de forma más sosegada y lógica. Recuerdo muy bien, en cambio, la sensación que tuve a la mañana siguiente cuando mi madre vino como siempre a abrir las persianas. Mientras gesticulaba con patética energía para abrir la ventana, y se inclinaba sobre el alféizar para asegurar las hojas de las persianas a sus respectivos ganchos, la bata volvió a abrirse y yo de nuevo observé, a través de la gasa transparente del camisón, aquel cuerpo todo huesos y los grandes pechos colgantes, moviéndose de un lado para otro contra el costado. Hasta entonces, como ya dije, la involuntaria desnudez de mi madre me había inspirado el típico embarazo que puede provocar un comportamiento poco conveniente, pero aquella mañana posiblemente relacioné el cuerpo desnudo de mi madre con la escena entrevista en el estudio de mi padre, y en vez de sentirme cohibido, experimenté un extraño sentimiento de cruel curiosidad: sí, aquélla era mi madre, pero al mismo tiempo era también la mujer que yo había visto doblada sobre el escritorio de mi padre, insultándose a sí misma. Es probable que aquella mañana la expresión de mis ojos fuera muy distinta de la acostumbrada; mi madre, al darse cuenta, me echó una mirada de reojo, y con un rápido gesto de la mano se abrochó la bata. Sin embargo, eso sólo pasó aquel día, ya que a la mañana siguiente volvió a repetirse la exhibición involuntaria, como si ella hubiera olvidado ya aquella mirada mía tan especial. También tengo que reconocer que después de ese día yo volví a mostrar mi cohibición formal de siempre, dejando de lado las miradas crueles y curiosas.

Éstas son las imágenes que surgen de mi memoria, repentinas y sin embargo nítidas y correctamente dispuestas en cuanto a colores y detalles de movimiento, mientras observo a mi padre adormecido. Tengo entonces la sensación de haber descubierto algo muy importante: de repente recuerdo que hace pocos días, en el restaurante chino, Silvia, para justificar su «chifladura», me dijo que aunque yo me empeñara en considerarla una Virgen, ella era una real marrana, y resulta que la palabra «marrana» es exactamente la misma que pronunció ansiosamente mi madre hace veintisiete años, acatando la orden del marido: «Sí... Yo soy tu marrana.»

Al haber pasado muchos años, no se me ocurre inmediatamente hacer remontar las dos idénticas palabras a un mismo origen. Es posible que la verdad me deslumbre, como los faros de un coche que estuviera a punto de atropellarme. En un principio sólo me sorprende el parecido; luego, más tarde, exclamo para mis adentros:

«Está claro que tanto mi madre, hace veintisiete años, como ahora Silvia, pronunciaron la palabra "marrana" por una misma y única razón, es decir, porque a mi padre le gusta oírselo decir. –Dejo por un instante de cavilar, y luego continúo–: ...Y las dos en la misma posición, desde atrás, como las bestias, y eso no falla porque a mi madre la vi, y hace unos días Silvia lo confesó.»

Aunque parezca extraño, si hace un momento tuve la tentación de pegar a mi padre en la cara, aunque todavía no hubiera adivinado y reconstruido su verdadera relación con Silvia, ahora que ya no tengo dudas, se me han ido las ganas de golpearle. Es como si la violencia hubiera dependido de mi ignorancia, que en este instante ha sido sustituida por una clarividencia no exenta de perplejidad, pero en el fondo resignada ante un hecho nuevo que casi parece increíble: mi padre es el amante de mi mujer.

Sin embargo, hay algo más que me hace renunciar a la violencia: a fin de cuentas, si yo ahora le pegara, dejaría de portarme como un hijo y sería simplemente el marido de Silvia. Él, por su parte, dejaría de ser mi padre para asumir el papel de rival en amores, y un rival afortunado, además; en efecto: es evidente que de momento Silvia prefiere que la traten como una marrana que como a una Virgen. En pocas palabras, nuestra relación de padre e hijo se reduciría entonces al enfrentamiento de dos machos que luchan por poseer a una hembra, y esta manera de considerar la situación, bien mirado, beneficiaría a mi padre, quien se cuidó mucho de exhibir su miembro durante el rito de la inyección. Yo, en cambio, quisiera que la relación con Silvia mantuviese su carácter incestuoso, pues aunque no pueda, en efecto, reprocharle a un rival afortunado sus éxitos en amores, puedo por lo menos permitirme el lujo de pensar que mi padre, aunque sólo fuera por respeto hacia sí mismo, tendría que haberse abstenido de hacer el amor con mi mujer.

Sé que esta voluntad mía de querer considerar a mi rival más como padre que como macho deriva, y no del todo inconscientemente, del tipo de relación que mi padre ha establecido con Silvia, en la cual percibo una crueldad profanadora que pasa por mi mujer pero que apunta hacia mí. Sí, soy yo el blanco de sus ofensas cuando posee a Silvia *more ferarum*, y es a mí a quien pretende insultar haciéndole decir que ella es su «marrana». Además, esta forma de ver las cosas no es sólo suya sino también mía: mientras él utiliza a la nuera para insultar y ofender al hijo rebelde y contestatario, yo por mi parte le insulto y le ofendo limitándome a considerarle como una figura representativa de la sociedad que contesto.

Pero ésas no son más que palabras, y los hechos hablan por sí mismos: mi padre es el amante de Silvia. Frente a esta constatación, van alternándose en mi mente imágenes bien definidas con ideas del todo estrafalarias: recuerdo a mi madre doblada en ángulo recto sobre el escritorio, y mi padre encima de ella, penetrándola desde atrás, y deduzco que muy posiblemente he sido procreado en aquella postura. Luego me imagino a Silvia haciendo el amor con su suegro, e irónicamente me pregunto qué pasaría si ella se quedara embarazada de mi padre, ya que este supuesto hijo, además de ser considerado hijo mío, sería también mi hermano, y Silvia, aparte de ser mi mujer, sería también mi madre o, mejor dicho, mi madrastra... sin embargo, todas estas consideraciones irónicas resultan inútiles: en realidad yo sufro lo indecible pensando que mi padre acaba de hacer con Silvia lo que hizo con mi madre hace veintisiete años.

Al final decido que en realidad yo ni quiero ni puedo aceptar la nueva relación que se ha establecido entre nosotros dos a raíz de este descubrimiento. La vida se basa en un conjunto de relaciones y las apreciaciones morales no cuentan; hay que darse cuenta a tiempo de que una nueva relación modifica las que ya existían. Esta idea me tranquiliza: miro la cabeza de mi padre reclinada sobre la almohada, y de repente me digo a mí mismo que antes que nada tengo que averiguar qué sentiré yo por él en el momento mismo en que despierte, abra los ojos y me mire. Admito que es un poco como jugar a cara o cruz, pero no importa; lo que no puedo hacer es seguir imaginando obsesivamente a Silvia que repite, después de tantos años, los gestos y las palabras de mi madre.

En cuanto acabo de tomar esta decisión, mi padre abre los ojos y me mira. Se queda mirándome mucho tiempo, más del que yo considero soportable. Es como si hasta este momento no hubiera dormido, sino fingido dormir, preparándose en secreto para hablar, pues de repente me espeta:

–Sé muy bien que no me aguantas. Dime entonces qué haces aquí.

Al oír estas palabras, mi reacción es complicada y muy desagradable. Mi padre dice la verdad, pero se trata de una verdad nimia si la comparamos con todo lo que yo podría reprocharle; sin embargo, al hablar él primero, me quita la posibilidad de hacer que esta acusación juegue en contra suya. Por otra parte, aunque el tono de su voz haya sido frío y decidido, he percibido en él cierta angustia: no hay duda de que mi padre teme que yo le odie, lo cual implica otra cuestión: no sé si teme que yo le odie porque piensa que estoy al corriente de su relación con Silvia, o porque es consciente de mi odio social, por llamarlo de alguna manera. Me va a ser imposible saber eso sin provocar una discusión que resultaría repugnante. De todas formas está claro que a él no le interesa para nada saber la verdad. Él sólo quiere que yo deje de rebelarme, y en el supuesto de que yo sepa algo de su relación con Silvia, pretende que le perdone o, mejor dicho, que no le dé importancia, lo cual en el fondo es una forma larvada de perdón.

Al fin mi padre ha obtenido lo que deseaba: mis sentimientos hacia él siguen siendo filiales, lo cual, bien mirado, también me satisface a mí, y teniendo en cuenta que entre nosotros existe un acuerdo total, aunque involuntario, no tengo otro remedio que negar, negarlo todo. Exclamo entonces, en un tono de voz suficientemente convincente:

–¿Qué dices, papá? ¡Qué ideas tienes!

Mi padre acepta mi protesta con la prontitud de un náufrago que agarrara la cuerda de su salvación:

–¡Vaya cosas que se me ocurren! Al despertar he visto que me mirabas de una forma un tanto rara, y entonces...

–No digas tonterías. Sólo estaba esperando que abrieras los ojos.

En seguida cambia de conversación:

–Dejémoslo, dejémoslo... A propósito, ¿qué hora es? Anoche me entretuve con la televisión. –Al decirle yo la hora, sigue comentando–: Dentro de poco va a llegar el fisioterapeuta con las muletas; por lo visto tendría que empezar a caminar.

Yo contesto, esforzándome por parecer alegre:

–Nada de «tendría». No hay duda de que vas a caminar, gracias a Dios.

–Bien, pues entonces digamos que caminaré.

Habla con un curioso y dolido acento de mortificación:

–¿Qué pasa? ¿No estás contento?

Reflexiona un instante y luego me explica:

–Mientras tuve que guardar cama, en cierta manera me encontraba mejor y estaba más seguro de mí mismo, más fuerte. No sé por qué, pero el hecho de estar aquí echado me daba valor, y acabé confiando en que me repondría no sólo de la fractura, sino también de otra enfermedad.

–¿Cuál?

–La vejez.

Le miro de reojo, y de repente me parece flaco, escuálido, exhausto. Le contesto:

–Tú no eres un viejo.

–Claro que sí, pero la certeza de curar nos engaña a los viejos. Mientras guardamos cama, confiamos en superar la enfermedad que nos atormenta y además en recuperar fuerzas.

–¿Qué fuerzas?

Me mira por un instante como para comprobar si todavía le odio, y mi actitud hacia él de alguna forma le reconforta, pues me contesta con mucha sencillez:

–Podríamos hablar, por ejemplo, de la fuerza intelectual e incluso de la fuerza sexual.

–¿Qué quieres decir con eso?

El tono de mi voz cambia de repente, posiblemente porque no creía que mi padre fuera capaz de abordar de forma tan explícita un tema que me obliga a referirme a Silvia. Repentina e inesperadamente, él se sincera conmigo:

–Quiero decir que a lo largo de mi enfermedad he suscitado en algunas de las mujeres que me visitaban un tipo de interés que nunca hubiera soñado inspirar cuando gozaba de buena salud. –Calla por un instante, y luego medita en voz alta–: ¡Dios sabe por qué un enfermo tendido en la cama y envuelto en una sábana a las mujeres les resulta excitante!

–¿Y entonces?

–Pues, entonces, el enfermo a su vez se hace ilusiones, confiando en las propias capacidades amatorias.

Acuciado por una horrible sospecha, de repente pregunto:

–Perdona la indiscreción, pero me gustaría saber si en estos tres meses de enfermedad has tenido aventuras.

Ahora se ha puesto de perfil y, sin cambiar de postura, contesta de forma neutra e impersonal:

–No sé que entiendes tú por aventuras. Digamos que, no obstante la enfermedad, e incluso gracias a ella, he sido afortunado.

Tras un instante de indecisión, le comento:

–¿No resulta un tanto difícil hacer el amor estando en la cama con el fémur fracturado?

–No, no es difícil –contesta él moviendo la cabeza en un gesto de negación–. Además, hay que tener en cuenta que estas benditas muchachas que vienen a ver al viejo profesor enfermo tienen un valor de mil demonios. No se contentan con unos escarceos, e incluso son capaces de subirse a la cama con las faldas arremangadas, sin preocuparse de que esté la puerta abierta y de que alguien pueda entrar y verlas.

No puedo evitar la tentación de ver a Silvia de pie encima de la cama de mi padre, con las piernas abiertas y las faldas arremangadas. Me esfuerzo por comentar:

–Sí, efectivamente, las mujeres tienen mucho valor.

Esta vez no me contesta. Yo espero que siga contándome sus batallitas eróticas, en parte por el maligno deseo de verle caer en la vulgaridad, de la que hasta ahora ha sabido mantenerse inconscientemente apartado, y en parte para intentar reconocer a Silvia en una de esas amigas con «un valor de mil demonios». Sin embargo, dada la ambigüedad de mis sentimientos, al mismo tiempo confío en que él no caiga en la trampa de lo ordinario y que, por otro lado, el fantasma de Silvia no llegue a materializarse en sus descripciones. Mientras, mi padre parece reflexionar y, tras unos instantes de silencio, comenta en tono benévolo y muy educado:

–¿No te resulta un tanto extraño hablar de estas cosas, siendo padre e hijo?

Le contesto con ambigua sinceridad:

–Tienes razón, pero a veces es como si olvidara que eres mi padre.

–¿Y qué más voy a ser, sino tu padre? –replica él, atrevido.

Estoy a punto de decirle a voz en grito que podría ser, por ejemplo, mi rival, el amante de Silvia, pero me aguanto, y decido seguir el camino de la adulación:

–Aunque te parezca extraño, siempre paso por alto la diferencia de edad.

–Por desgracia, yo no la olvido –puntualiza él con amargura. Entonces, haciendo una clara referencia a su relación con Silvia, yo comento:

–La verdad es que a veces es como si fuéramos coetáneos; imagino incluso que podríamos rivalizar en amores.

No hace caso de mis alusiones; se limita a mirar al vacío resumiendo:

–Pues no soy más que un viejo. –Calla un instante y luego añade–: Un viejo que se hace ilusiones, y a veces cree ser joven. –No contesto, pues espero que continúe hablando–: Hay momentos en que me entran ganas de preguntarles a las mujeres esas si no se dan cuenta de que tienen que vérselas con una piltrafa de piel arrugada, músculos flojos, piernas flacas, vientre blando y ojeras... De verdad, no sé qué gusto le encuentran.

Al hablar, más que dolido parece estar nervioso, casi irritado. Yo intento consolarle:

–Las mujeres no se fijan en esas cosas.

–¿En qué se fijan entonces?

Se me ocurre una respuesta vulgar e injusta, una referencia a aquello de lo que él iba ostentando hace días, mientras Fausta le ponía la inyección, pero intuyo que no diría lo que yo pienso sino lo que él pensaba en aquella ocasión. Contesto de forma un tanto sentenciosa:

–Todos necesitamos tener a nuestro lado a seres vitales, y las mujeres lo necesitan más que los hombres, de manera que se fijan sólo en la vitalidad, y a ti por lo visto no te falta.

Ahora los dos estamos callados. Al ver a mi padre tan amargado, me doy cuenta de que estoy perdiendo el tiempo: nunca conseguiré sofocar mis sentimientos hacia él, nunca me será del todo indiferente. Lo que me importa ahora es descubrir si realmente quiero saber la verdad sobre su relación con Silvia. ¿Es posible que mis suposiciones sean falsas? ¿Es posible que la dichosa palabra «marrana», pronunciada hace veintisiete años por mi madre y repetida hace pocos días por Silvia, en la que se basan todas mis conjeturas, sea una simple coincidencia? En pocas palabras, ¿es posible que sin darme cuenta me esté convirtiendo en el típico hombre celoso, que ante una posible traición se niega a dudar, y prefiere en cambio aferrarse injustamente a unos hechos inciertos?

Me empeño en reflexionar y ordenar mentalmente los indicios, aunque por desgracia todo se reduce a la pura psicología. Resumiendo, Silvia sólo me quiere a mí, yo soy el hombre con quien se ha propuesto compartir su vida, y la relación con el otro no es más que una «chifladura». Ella quisiera dejarlo, pero siempre que se ven «vuelve a caer», porque él la posee de una forma que a Silvia le resulta nueva e irresistible. El hombre con quien me traiciona, también quisiera romper con ella, pero «vuelve a caer», evidentemente porque... De repente me detengo, asombrado por una simple constatación: hay un solo hombre en el mundo que, aun sintiéndose muy atraído por Silvia, pudiera pensar en el deber de dejarla, y ese hombre es mi padre.

Estando así las cosas, es inútil que siga rechazando la idea de una relación entre mi padre y mi mujer. Sólo tengo que decidir si renuncio a saber la verdad, esperando que la «chifladura» dure lo suyo, o procuro en cambio averiguar algo más, incluso averiguarlo todo. En un principio la primera resolución me parece la más obvia: si no tengo intención de renunciar a Silvia porque la quiero y desde luego seguiría queriéndola aun en el supuesto de que ella se empeñara en llevar adelante la relación con mi padre, no me hace ninguna falta saber la verdad. Sin embargo, aunque parezca extraño, este mismo amor me lleva finalmente a optar por el procedimiento opuesto: tengo que averiguar, porque sólo averiguándolo todo pondré a prueba mis sentimientos y sabré si quiero de verdad a Silvia.

Puestos a saber, ¿no es mejor que empiece por mi padre? Sí, tengo que hacerlo, aunque me repugne profundamente hablarle de Silvia, aun de forma indirecta. Me esfuerzo por retomar el hilo de la conversación:

–¿No te parece que a menudo necesitamos más fuerza vital para detenernos a tiempo que para dejarnos llevar por las circunstancias? Ya sé que hay mucha vitalidad en el deseo, pero la renuncia nos exige aún más esfuerzo.

En este momento mi padre parece haberse repuesto de la depresión momentánea que hace un rato le impulsó a abordar el tema de la vejez conmigo. Me mira con aire sorprendido y luego comenta:

–¿Qué pasa hoy con el desayuno?

Yo le informo:

–Tú te has despertado muy tarde, y Fausta también; creo que ella ha bajado a comprar el pan. Entonces, ¿no vas a contestar a mi pregunta?

Sorprendentemente, acepta el reto, y en seguida replica en tono reflexivo:

–En pocas palabras, me estás preguntando si en amor es justo detenerse, renunciar. Pues yo puedo decirte que, aun siendo algo justo, no sé de nadie que lo haya hecho sin arrepentirse luego. –No puedo por menos de pensar que de algún modo he recibido mi merecido; es evidente que mi padre ha captado el sentido oculto de mis palabras sobre la vitalidad, y me ha pagado con la misma moneda. Mi mirada debe de parecerle ahora demasiado intensa, porque añade–: Tú, en el fondo, opinas lo mismo que yo.

Quisiera decirle que no es verdad entonces lo que supone Silvia, que no es cierto que ellos dos quieran interrumpir la relación, que yo sé que él quiere continuar hasta el final; sin embargo, me limito a comentar estúpidamente:

–No, no exactamente lo mismo; de todas formas, no puede negarse que tienes unas ideas muy claras al respecto.

No sé si mi padre es capaz de captar mi estado de angustia, pero el tono sosegado de sus palabras me hace suponer que algo intuye:

–A ver si me explico: en amor uno puede muy bien detenerse, renunciar, pero eso sólo significa que la vitalidad no ha conseguido vencer el aburrimiento, es decir, que no se quiere lo suficiente.

–O acaso no se tiene suficiente vitalidad.

–Pueden darse casos distintos. Existen los coleccionistas, como Don Juan, por ejemplo. Esos son los que al darse cuenta de que les falta, pongamos por caso, una morena de ojos azules, van y la buscan, pero una vez hecha la conquista se limitan a considerarla como una pieza más de su colección, y aquí se acaba todo.

Estoy a punto de preguntarle a voz en grito si es que a su colección le faltaba acaso un ejemplar tan raro como la mujer de su hijo, su nuera, pero recapacito y comento en tono didáctico:

–Don Juan no es un coleccionista, sino un hombre de poder.

Mi padre me observa un instante, sin duda para averiguar si aún sigo refiriéndome a él; luego me pregunta:

–¿En qué sentido?

–Pues en su sentido más simple y directo, aquel que nos lleva a buscar una confirmación de nuestra propia existencia en el dominio sobre los demás, y en el caso de Don Juan, sobre las demás.

–Es posible, pero está claro que para unos cuantos lo importante es poder decir que se han llevado a la cama a esa mujer o a esa otra. Entonces resulta muy fácil renunciar, pero eso nada tiene que ver con el amor –replica él con cierta indiferencia.

Con estas palabras, no sólo quiere darme a entender que ha hecho el amor con Silvia, sino que además no la quiere, que su aventura únicamente le ha servido para luego poder pensar que ha conseguido acostarse con ella. Me doy cuenta de que este desprecio de mi padre por Silvia me humilla horriblemente, y reconozco enfurecido que hubiera preferido que él la quisiera de verdad. Pienso además que, mientras yo me desespero, ellos van a romper su relación por una simple inapetencia debida a la saciedad: Silvia se ha hartado ya del novedoso *more ferarum*, y él, por su parte, puede estar muy satisfecho por haberse llevado a la cama incluso a la nuera.

Una vez más, mi padre parece adivinar mis pensamientos, pues comenta:

–Hay mujeres que, pasado el primer momento, ya no dan más de sí. Una vez satisfecha la curiosidad, ¿qué te queda?

–Un plato de carne sin sal –digo yo.

¡Conque un plato de carne sin sal! ¡El cuerpo de Silvia comparado con una carne sin gusto, y su belleza, espiritual y sensual al mismo tiempo, misteriosamente ambigua, puesta al mismo nivel que un desabrido filete! ¡Mi Virgen bizantina convertida en una pieza recién salida del matadero! Ya dije que me sentía humillado, pero es que además me humilla el hecho mismo de sentirme humillado. Luego, de repente, las cosas vuelven a tomar un cariz distinto, porque mi padre añade de forma imprevista:

–Bien mirado, uno también puede renunciar a un amor porque ha sido demasiado hermoso, y se procura mantener intacto su recuerdo antes de que el aburrimiento, o algo peor que el aburrimiento, acaben con él. Sí, esto también puede suceder.

¿Qué me pasa ahora? Emocionado por el mucho agradecimiento, quisiera agarrar y besar la mano de mi padre, ya que con estas últimas palabras sobre el amor, él me ha revelado algo muy importante: ha confesado que su relación con Silvia ha sido «demasiado hermosa», y que va a renunciar a ella justamente por ser tan hermosa. Sin embargo, ¡cuánta abyección filial se esconde tras mi gratitud!

Oigo ahora una voz de barítono que pregunta desde la puerta del estudio:

–¿Puedo pasar?

–Adelante, adelante –contesta mi padre con aire de resignación mientras levanta la mirada.

Es Osvaldo, el dichoso fisioterapeuta bajo y calvo, con el bigote parecido a un manillar de bicicleta. Entra en la habitación mostrando unas muletas de brillante metal, de esas que se fijan al antebrazo y se llaman canadienses. Su actitud es al mismo tiempo triunfalista y falsa; sin embargo, esa mezcla tan bien conseguida de profesionalidad e hipocresía, parece haber sido estudiada expresamente para complacer a mi padre.

–Buenos días, mi querido profesor... Buenos días. Hoy es un gran día para usted, señor: ¡volvemos a caminar!

Mi padre le mira con cierto escepticismo, como si el pobre hombre fuera a predecirle el éxito de un experimento científico de por sí improbable:

–Francamente, no me veo con fuerzas. Ayer intenté poner un pie en el suelo y me mareé mucho, lo cual me extraña, porque mientras estuve guardando cama me sentía más animado que un león.

Osvaldo replica en tono sentencioso:

–Uno acaba encariñándose con todo, incluso con la cama, pero no se preocupe, mi querido profesor: ahora se levanta usted, y vamos a dar una vueltecita por el piso; podemos llegar hasta la cocina a ver qué hace la señorita Fausta.

–Todavía no me he vestido.

–No hace falta que se vista; también puede ir paseando en pijama. ¡Anímese, profesor... Anímese!

Tras dejar las muletas apoyadas en el sillón, el hombre se acerca a la cama con la intención de quitar las mantas, pero mi padre de repente lo detiene:

–No, un momento. ¿Qué pretende hacer?

–Pues quitar las mantas y acompañarle a dar una vuelta por la casa en pijama.

Asisto entonces a una escena muda que posiblemente dure sólo unos instantes, pero que yo percibo como lenta y oscuramente significativa. Mi padre me mira, luego mira al fisioterapeuta, y por fin observa su propio cuerpo que yace bajo las mantas. Al final comenta:

–De acuerdo, vayamos a dar una vuelta, pero deje al menos que me ponga un pijama limpio. Dodo, hazme el favor de ir a buscar un pijama en la habitación de Fausta.

Me levanto y pregunto:

–¿Dónde están los pijamas?

Mi padre me mira en silencio por un instante, como si intentara recordar dónde se encuentran los pijamas. Luego me contesta secamente:

–En el primer cajón de la cómoda.

Me dirijo hacia la puerta de la habitación donde ahora duerme Fausta, la que antes del accidente era el dormitorio de mi padre, y entro. Es una habitación cuadrada de techo muy alto y muebles estilo neoclásico: hay una cama, una cómoda, un armario decorado con columnas y capiteles de bronce, y algunas sillas con el respaldo en forma de lira. La cama donde durmió Fausta anoche aún está deshecha, y las mantas revueltas son un indicio del gran salto que tuvo que dar el joven cuerpo de la enfermera al precipitarse fuera del lecho esta mañana. Por los cristales de la ventana entra un rayo de sol que aviva los colores de la tela a rayas amarillas y verdes de las sillas y de la colcha.

Abro el primer cajón de la cómoda, y en seguida encuentro los pijamas ordenados en doble fila, recién planchados y doblados. Luego de repente me detengo, al oír la voz de mi padre que me llega desde la puerta entreabierta del estudio. Está comentando algo con Osvaldo:

–Anoche tenía mucho calor, y por lo visto mientras dormía me arranqué los pantalones del pijama. Ya ve usted dónde han ido a parar.

–Parece mentira; sólo estamos en abril y ya hace tanto calor como en junio –contesta Osvaldo mintiendo hipócritamente, pues este año hemos tenido un mes de abril bastante frío y lluvioso.

Tras echar una última mirada al espejo de la cómoda y ver reflejado en él mi rostro cargado de preocupación (¿por qué?, ¿para qué?) vuelvo a entrar en el estudio.

Osvaldo está de pie al lado de la cama; mi padre está echado encima de la sábana, sin mantas, con el cuerpo desnudo de cintura para abajo, y su figura vista de perfil me recuerda el Cristo de Mantegna. Sin embargo, su parecido con el famoso cuadro no es suficiente para distraerme de una repentina sospecha. Está claro que mi padre quiso que fuera yo y no Osvaldo el encargado de buscar el pijama, y eso porque no quería que yo le viera desnudo en el momento en que el fisioterapeuta quitaba las mantas. Es probable que no se avergonzase tanto por estar desnudo, como por el hecho de no llevar puestos los pantalones, los cuales no están relegados en el fondo de la cama, como sería de esperar en el caso de habérselos quitado por el mucho calor, sino que han quedado apelotonados bajo su trasero, lo cual me hace pensar que la razón de su molestia de esta noche nada tenía que ver con el calor. En el momento en que yo vuelvo a aparecer,

Osvaldo está intentando sacárselos y, para ayudarle, mi padre se encorva, levantando las nalgas. Tras esta observación, surge en mi mente la imagen obsesiva de Silvia que le ayuda a librarse de la prenda, mientras él, acosado por el deseo, los coloca rápidamente bajo el trasero.

Sí, Silvia esta noche ha ido a verle, y por eso mi padre se ha despertado tan tarde; ahora, al tenerme frente a él, es inevitable que se avergüence, y que de alguna forma se sienta culpable, tras haber vencido una vez más, hace pocas horas, sus propios vacilantes escrúpulos y la torpe resistencia de ella.

Me acerco con aire decidido y le entrego el pijama diciendo:

–¿Va bien éste?

Mi padre asiente con un gesto de la cabeza; le veo algo incómodo, pero no acierto a comprender la razón de su embarazo. Luego me doy cuenta de que se está mirando el vientre, y entonces deduzco que probablemente durante la noche ha tenido un orgasmo con la consecuente eyaculación, y que ahora observa la evidente diferencia de tamaño de su pene, antes y después de la erección.

Osvaldo le pide que levante un poco los pies, y mi padre obedece para que el fisioterapeuta pueda ponerle rápidamente los pantalones limpios y la chaqueta. Por fin Osvaldo exclama:

–Ahora dese la vuelta, profesor; siéntese y apoye los pies en el suelo. Así... Muy bien. Ahora intente levantarse.

Mi padre está de pie al lado de la cama, con su pijama color avellana ribeteado de beige y con los pies tapados por los pantalones, que resultan demasiado largos.

Parece desconcertado y cansado ya, aun antes de ponerse a andar. Se pasa una mano por la cabeza con la intención de aviarse el pelo, aunque no haga ninguna falta, y mientras tanto el fisioterapeuta le pasa las muletas:

–Ahora, profesor, apóyese en las muletas e intente mover las piernas.

–Me estoy mareando.

–No se preocupe; eso es lógico después de tres meses de guardar cama. Todo es cuestión de empezar. Mañana dará usted la vuelta al edificio entero.

Ha llegado el momento de decirle a mi padre que tengo que irme. Al estar tan atareado con sus muletas, es probable que ni siquiera me oiga. Me deslizo dulcemente fuera de la puerta.

IX

LA PARODIA

Al entrar en la cocina encuentro a Fausta de pie delante del fogón donde está hirviendo la cafetera. Sin darse la vuelta, me hace una pregunta insólita:

–¿Ha dormido usted bien esta noche?

–Sí, gracias –contesto yo brevemente.

–Pues yo no he pegado ojo.

Intuyo que tengo que preguntar por qué no ha podido descansar y, aunque de mala gana, cumplo con ese deber de cortesía:

–¿Por qué?

–Porque había ruido en el estudio.

Si bien no logro comprender la razón de su comportamiento, sé que Fausta me está avisando, y que de alguna forma secunda mi deseo de saber.

–Será que mi padre se entretenía con la televisión –comento yo, pero ella replica prontamente:

–La televisión la vemos juntos, y soy yo quien la apaga antes de irnos a dormir.

–¿Entonces?

–Entonces... Sólo vemos el programa de las ocho; luego él cenó y me dijo que me fuera. Aquellos ruidos no tenían nada que ver con la televisión.

Ya está. Recuerdo la alusión de mi padre a las mujeres que se subían encima de su cama con las faldas arremangadas, y me doy cuenta de que Fausta apunta a eso: a revelarme que una de ellas es Silvia. Sin embargo no tengo tiempo o, mejor dicho, no tengo el tiempo necesario para convertir un asqueroso chisme en una tranquila búsqueda de la verdad, así que le digo rápidamente:

–Ahora tengo que llevarle el desayuno a mi padre, y no puedo entretenerme hablando. Cuando vuelva del estudio ya me contarás todas esas cosas tan feas que tanto te apetece contarme.

–Yo no tengo nada que contar. Déjese de desayunos, por un día; puedo ocuparme yo de eso.

–Mi padre está acostumbrado a que sea yo quien se lo lleve. Anda, dame la bandeja.

Me mira de reojo con un aire claramente irónico:

–¿Sabe usted a quién se parece? Pues se parece al avestruz, que pone la cabeza bajo el suelo para no enterarse de nada.

Esta vez tiene razón, y por un momento callo, reflexionando. Reconozco que todo mi afán por saber, por conocer toda la verdad, ya desde el principio se ha revelado como una huida hacia adelante, donde la tan cacareada voluntad de no ignorar nada ha encubierto el miedo de saber. En realidad, Fausta es la única persona que puede decirme algo de Silvia, y yo estoy intentando aplazar, aunque sea por unos instantes, el momento de la verdad con la excusa del desayuno de mi padre. Sé muy bien que las palabras de Fausta van a inspirarme el mismo sentimiento de horror y estupor que hubiera experimentado de niño asistiendo al extraño milagro de ver salir una serpiente de la boca de mi melancólica Virgen bizantina, en una de las muchas misas contemplativas de mi infancia:

–Déjate ya de historias de avestruces –objeto por fin estúpidamente–: ¿acaso no decías que no tienes nada que contar?

–Si lo dije fue porque en el fondo lo siento por usted. Hay cosas que a una no sólo no le gusta decirlas, sino que preferiría incluso no saberlas –contesta ella, muy dispuesta.

–¿Qué cosas?

–Pues... nada, no he dicho nada. Además, yo me marcho

a finales de este mes, de manera que lo que pase o deje de pasar en esta casa me concierne sólo hasta cierto punto.

Inconscientemente vuelvo a cambiar una vez más de conversación y comento:

–Siento que te vayas.

–¿De veras?

–Sí, de veras.

–¿Por qué? ¿Qué soy yo para usted?

No me esperaba una pregunta tan directa; finjo reflexionar, y luego contesto con palabras evasivas:

–Esta casa es muy triste: somos dos hombres solos, padre e hijo, profesores los dos por más señas, y a menudo acabamos sin saber qué hacer ni qué decirnos el uno al otro. Tú nos has traído la alegría de una presencia femenina.

Fausta suelta una risita irónica y, sin darse la vuelta, replica:

–¿Quién le ha dicho a usted que no hay presencias femeninas en su casa? Yo creo que se trata de una simple cuestión de horarios.

Con esta frase Fausta me devuelve brutalmente a aquella realidad de la que hasta ahora por instinto me había mantenido alejado. Comprendo que ha llegado la hora de enfrentarme a ella, y decido hacerlo con la misma brutalidad:

–Tú quisieras darme a entender que aquellos ruidos que no te dejaron dormir anoche eran debidos a la presencia de una mujer en el estudio de mi padre, ¿verdad? Anda, dilo de una vez.

–Dios me libre de decir esta boca es mía...

Fausta empieza así el típico juego tan vulgar que consiste en soltar un chisme, y al mismo tiempo convencer al otro de que no se tiene más remedio que soltarlo. Ahora mi angustia es casi intolerable: si para ella eso no es más que un simple pasatiempo, yo en cambio me doy cuenta de que en esta apuesta de amor por Silvia está en juego mi vida entera. No obstante, procuro mantener la calma:

–Escúchame bien, Fausta: yo ya sé qué quieres decirme

o, mejor aún, qué pretendes que yo te haga decir: que mi padre anoche tuvo una visita, que fue a verle una de sus amigas, ¿cierto? Y ¿qué hay de raro en eso?

–Nada, absolutamente nada... Si se conforma usted...

–Sé muy bien que mi padre es un hombre que aún tiene mucha vitalidad, por decirlo de alguna manera, y que por lo tanto en esos ratos de visita puede pasar de todo, pero eso tampoco debería extrañarte demasiado –continúo diciendo yo.

Sin embargo, Fausta ha dejado ya de jugar y ahora va derecha al grano:

–Hablando de cosas raras, me pregunto cómo pudo entrar aquí la dichosa señora. Entró de puntillas, como una ladrona. Además, yo no fui a abrir porque no oí ningún timbre, y su padre tampoco, porque no anda. ¿Cómo se explica usted eso?

No había contado con esta objeción muy de novela policíaca, y de repente me quedo sin sangre en las venas. Mis palabras son un simple balbuceo:

–¿Qué estás diciendo?

–Digo que la persona que vino anoche tenía las llaves de casa.

Intento replicar de forma convincente, pero no lo consigo:

–Es posible que mi padre se las haya dado hace días.

–De eso, nada. En esta casa sólo hay tres juegos de llaves: el de usted, el de su padre y el mío. Todos los demás tocan el timbre.

–Pues será que mi padre le dio su juego a una amiga.

–No, señor. El juego de llaves de su padre ayer estaba encima del escritorio. Lo vi con mis propios ojos.

–¿Entonces?

–Entonces sólo hay una respuesta, y usted la sabe mejor que yo: aparte de su padre y de nosotros dos, hay una sola persona que tenga las llaves de esta casa.

Antes de hablar, pienso con desesperada frialdad en qué me conviene decir, y decido entonces, fuere cual fuere la importancia de las revelaciones de Fausta, no doblegarme a esta complicidad canallesca y vergonzosa que ella me ofrece y que es en el fondo el motivo de su confesión. Hablo ahora con mucha dureza y precisión:

–Claro que lo sé; la cuarta persona que tiene las llaves de casa es mi esposa, y tú quisieras darme a entender que ella es la mujer que fue a ver a mi padre anoche.

–Yo no quiero darle a entender nada y a su mujer ni siquiera la he nombrado.

¿Es posible que Fausta viera a Silvia? Ella sólo me ha hablado de unos ruidos que no le dejaban dormir, y por lo tanto es improbable que la cosa fuera a más. Decido mentir descaradamente:

–Siento decirte que hay un pequeño fallo en tu historia: anoche mi esposa estaba conmigo. Aparte de que me parece muy lógico que vaya a ver a su suegro de vez en cuando, resulta que anoche estuvimos juntos.

De momento permanece callada, y el burbujeante murmullo de la cafetera que está a punto de rebosar parece mantenerla ocupada. Un buen olor a café va difundiéndose por la cocina. Fausta abre las puertas del aparador, coge dos tazas y sin darse la vuelta, pregunta:

–¿Hasta qué hora estuvo usted con su mujer?

–¿Desde cuándo tengo que rendirte cuentas de lo que hago y dejo de hacer? –replico yo con violencia.

–Entonces, no me cuente usted nada, y tómese tranquilamente una buena taza de café conmigo. Lo he preparado para todos: para su padre, para usted y para mí. ¿Verdad que le apetece?

Pienso que lo que más me conviene es seguir mintiendo hasta el final. Digo entonces con cierta condescendencia:

–Bien mirado, se trata de mi mujer y no tengo nada que esconder. La verdad es que nos reconciliamos y pasé con ella toda la noche.

–Así que se han reconciliado...

–Sí, hemos decidido volver a vivir juntos. Anoche hicimos el amor, y luego dormimos en la misma cama. ¿Satisfecha?

Me mira ahora con las tazas en la mano, y comenta apenada:

–Pobrecito mío... Créame, lo siento de veras, señor Dodo, pero yo conozco muy bien la voz de la señora Silvia, y por eso anoche no pude pegar ojo; oía la voz de la señora Silvia y lo sentía por usted.

–A veces se da el caso de voces muy parecidas; posiblemente creíste oír su voz, pero era la de otra persona –comento yo, dispuesto a hacer objeciones.

–No, no me equivoco: era la suya.

–Lo que pasa es que tú quisieras que fuese la suya.

–¿Ah, sí? Y ¿por qué?

Intento puntualizar la situación, procurando mantener la calma:

–Escucha, Fausta: la puerta estaba cerrada, ¿verdad?

–Sí.

–Por lo tanto, no puedes haber visto a Silvia en el estudio.

–No, no la vi.

–Tú sólo oíste una voz, y ahora pretendes convencerme de que era la voz de Silvia. ¿Sabes qué significa eso? Que a ti, por algún motivo que no sé y no quiero saber, mi mujer no te cae bien.

–No he oído sólo unas voces; también había ruidos –replica ella prontamente.

Yo no puedo por menos de preguntar:

–¿Qué clase de ruidos?

Curiosamente, estas palabras la llenan de indignación:

–Vaya, hombre... ¿Conque no se los imagina? Pues los típicos ruidos que se oyen cuando dos personas hacen el amor; los de ella eran unos gemidos muy dulces; él, en cambio, parecía una bestia salvaje. –Tras callar un momento, continúa con sus comentarios–: En esta casa las puertas no cierran muy bien porque son viejas, y se oye todo. Era como si los tuviera a los dos en mi habitación.

–Digas lo que digas, hay un argumento que no falla: yo estuve con mi mujer hasta el amanecer –replico yo con obstinación.

–¿Dónde?

Cometo un error, pero me doy cuenta de ello sólo cuando ya no tengo tiempo de remediarlo. Acordándome de las muchas veces en que Silvia me propuso hacer el amor en casa de su tía, contesto de pronto:

–En el piso donde vive ahora.

La expresión victoriosa del rostro de Fausta me hace comprender que la mentira no ha funcionado. Se me acerca con la cafetera en la mano y dice:

–Lo siento, pero yo a su mujer incluso llegué a verla. Oí que se marchaba, y entonces me asomé a la ventana. Eran las tres en punto, y la vi con estos ojos que se tiene que tragar la tierra. Salió por la puerta de abajo, y se fue bordeando los muros porque llovía. Llevaba un impermeable negro.

Me doy cuenta de que estoy sufriendo mucho. Agacho la cabeza en dirección a la mesa y digo:

–Sigo pensando que esto no son más que fantasías tuyas: me repites que la oíste y la viste, pero nada de eso es cierto. Tú oíste y viste a otra persona.

Pone la taza encima de la mesa y vierte en ella el café muy lentamente. Luego exclama:

–Pobrecito mío, señor Dodo...

–No quiero que me digas pobrecito, ni que me llames Dodo.

–Entonces, ¿cómo quiere que le llame? A lo mejor usted se cree que esto se lo cuento para hacerle daño, pero se equivoca. Yo le quiero a usted, de corazón, y si le he dicho algo de lo de anoche es por el aprecio que le tengo, porque a mí, la verdad, no me importan un comino las historias de su padre y de la señora Silvia...

Fausta está detrás de mí, de espaldas, y no puedo verla. Aparento meditar, con la cabeza inclinada hacia la mesa, pero en realidad me es imposible pensar; me limito a recrear ante mis ojos las imágenes descritas por la chica: la callejuela bajo la lluvia, y Silvia que sale por la puerta y se aleja bordeando los muros, torpemente envuelta en aquel impermeable negro que yo tan bien conozco. Entonces, de repente, creo haber descubierto, más allá de esta verdad que me oprime, una verdad que podríamos llamar más verdadera. Sí, no puedo negar que la mujer que iba caminando por la callejuela era Silvia, pero su forma de ser me resulta tan vital y libre que me veo casi obligado a quererla, no obstante la traición; incluso puedo decir que esa misma traición hace que ella me parezca aún más vital y libre. Por fin tengo la impresión de haber llegado a la meta que me había propuesto: amar a Silvia por lo que ella es realmente, y no por lo que a mí me gustaría que fuera. Levanto la cabeza y le digo a Fausta:

–No te preocupes; sé muy bien que no lo has hecho para hacerme daño; estoy seguro de que me quieres.

Al estar Fausta detrás de mí, no puedo ver qué impresión le causan estas palabras, pero el silencio que sigue me intriga. Luego, su gran mano carnal y cálida rodea mi rostro en una lenta caricia, y oigo su voz que me susurra al oído:

–Y usted, ¿me quiere a mí un poquito?

Nunca acaba uno de conocerse a fondo. Quizá me haya extenuado el esfuerzo realizado para llegar a preferir una mujer real que me traiciona a una esposa falsa y fiel, o acaso me exaspera oír unas palabras de amor justo en ese momento, pero la cuestión es que de repente, casi por sorpresa, me veo arrastrado por una violencia de alguna forma experimental. Me levanto entonces y me dirijo hacia Fausta, la agarro por los hombros y le doy media vuelta, aprovechándome de su momentáneo estupor y de su docilidad. Luego la obligo violentamente a doblarse en ángulo recto sobre la mesa, con el vientre pegado a los bordes y la cabeza aplastada contra el mármol por la fuerza de mi mano que le aprieta el cuello. Intento ahora bajarle los pantalones y, muy consciente de estar imitando a mi padre, me acerco a su oído y murmuro entre dientes:

–Dime que eres mi querida marrana...

Pero está claro que Fausta nada tiene en común con Silvia, ni con mi madre. Aun manteniendo la cabeza duramente aplastada contra el mármol de la mesa, protesta chillando:

–Oiga, ¡me está haciendo daño! ¿A qué viene esto?

–Di que eres una marrana, dilo de una vez, o te retuerzo el pescuezo –insisto yo, procurando conseguir una buena imitación, pero esta vez ella se libera fácilmente dando un violento estirón, y en cuanto logra ponerse de pie, empiezan las quejas:

–¿Qué pasa? ¿Está usted loco? Me ha hecho mucho daño, de verdad. ¿Puede saberse a qué viene esto?

–No pasa nada; sólo quería hacer un experimento –contesto yo ambiguamente.

–¿Y por eso me aplasta la cabeza contra la mesa?

–Pues sí.

Es posible que Fausta ya esté arrepentida de haberme rechazado. Sus palabras me llegan ahora en un tono de dulce reproche:

–¿Por qué tanto empeño en oírme decir que soy una marrana? No, señor, no lo soy; lo que me pasa es que le quiero, ni más ni menos. –Yo permanezco de pie callado, sin rechistar, con la mirada clavada en el suelo. Ella continúa explicando en tono didáctico–: No es así como se trata a las mujeres.

–¿Cómo hay que tratarlas entonces?

–Hay que ser dulce y amable, y decir cosas agradables con voz agradable. Fíjese en su padre, por ejemplo: a fin de cuentas, lo que me exigía era algo muy íntimo, pero fue tan amable a la hora de pedírmelo, que casi me vi obligada a complacerle.

–Perdóname –contesto yo.

Aunque siga quejándose, Fausta vuelve ahora a ser la buena chica de siempre:

–¿Sabe usted que me ha hecho mucho daño? El mármol me cortaba el vientre, y casi no podía respirar.

–Perdóname –repito yo con cara de contrición.

–¿Me promete entonces que no volverá a hacerlo nunca más? –insiste ella con mucha ternura.

–Perdóname –vuelvo a decir yo por tercera vez, dirigiéndome hacia la puerta. Cuando ya estoy fuera de la cocina, oigo su voz que exclama:

–¿No va usted a tomar su café?

X

LOS DOS CUENTOS

Cuando ya he salido de casa y estoy en la callejuela de abajo, me cabreo por partida doble, es decir, conmigo mismo y con mi padre. Conmigo por haberme echado encima de Fausta, respondiendo a un repentino y deplorable impulso mimético, miserablemente disfrazado de experimento psicológico, y con mi padre por ser la causa generadora de ese impulso. Tan enfadado estoy que casi no me doy cuenta de lo que hago, e incluso llego a olvidar el dolor que me produce el saber a ciencia cierta que Silvia me ha traicionado. Bien mirado, el dolor permanece, pero ofuscado por la humillante idea de haber querido imitar a mi padre en su particular manera de hacer el amor.

Tan preocupado y cabreado estoy, decía, que casi sin saberlo me meto en el coche y cruzo la ciudad densa de tráfico. Luego empiezo a correr por las avenidas que bordean el Tíber, pasando de un puente a otro, hasta llegar a aquel paseo que suelo visitar casi todas las tardes.

Aparco contra el parapeto, bajo del coche y acto seguido miro automáticamente la cúpula que sigue allá, al final de la avenida de las acacias. Animado quizá por la necesidad de aplacar el ánimo con unas ideas en cierto modo familiares aunque catastróficas, vuelvo a pensar en el hongo atómico que podría surgir tras la cúpula de San Pedro, y me pregunto entonces qué pasaría si la bomba llegara a explotar de verdad y yo, tras haberme permitido la broma de intentar violar a Fausta, demostrando cuán contradictoria puede llegar a ser mi vida cotidiana, asistiera ahora al fin del mundo. Para empezar, ¿dónde iría a parar la bomba? Probablemente caería muy cerca del Gianicolo. La explosión destruiría por completo la puerta de San Pancracio, la estatua de Garibaldi y los bustos de los hombres célebres, todo el barrio de la Vía Aurelia Antica, la mansión del Vascello, la Embajada soviética, la academia norteamericana, San Onofrio, y todos los demás edificios emplazados en la colina. Es posible que la cúpula de San Pedro se derrumbase sólo parcialmente, y acabara así pareciéndose a la de un gigantesco observatorio astronómico. En el interior de la basílica, entre las antiguas columnas caídas al suelo, la estatua de San Pedro, con su famoso pie consumido a lo largo de los siglos por los besos de los fieles, aparecería rodeada de un montón de cascotes.

Al ir pensando en estas cosas tan terribles y vanas, me tranquilizo. De repente, oigo el sonido de una voz alegre, que me sobresalta:

–¿Qué haces tú aquí? ¿Qué estás mirando, si no hay nadie?

Me doy media vuelta y veo a Pascasie que me mira y se ríe, envuelta hasta los pies en su inconfundible abrigo rojo. A su lado está Gesuina, que me observa con ojos apagados y sin soltar el enorme cucurucho de helado que va chupando con aire meditabundo. Yo contesto brevemente:

–Estaba mirando la cúpula de San Pedro.

–¿Por qué la mirabas?

–Pensaba fotografiarla –digo yo, sin demasiado convencimiento.

–¿Por qué vas a hacer una foto, habiendo tantas postales? No te hace ninguna falta fotografiar eso, y además ni siquiera has traído la máquina.

–La llevo en el coche. Lo que pasa es que en las postales no aparece esa nube que asoma ahora en el cielo a la derecha de la cúpula.

–¿Y entonces?

–Entonces, yo quería fotografiar la nube, porque me gusta.

–Vaya hombre más raro... A falta de mujeres, fotografía las nubes. ¿Por qué no nos haces una foto de recuerdo a Gesuina y a mí?

¿Recuerdo de qué? Tras dudar un instante, voy al coche sin rechistar, cojo la Polaroid y me giro hacia ellas:

–Gesuina, ponte al lado de Pascasie, así es... muy cerca. Tú, Pascasie, rodéale los hombros con el brazo.

Cuando estoy a punto de poner en funcionamiento la máquina, me doy cuenta de que Gesuina saldría con la lengua pegada al helado, y con mucha paciencia comento:

–Escoge, Gesuina: si quieres que te haga la foto, deja de comerte el helado.

–Aquí nos tienes: madre e hija. Si John y yo tuviéramos una hija, creo que se parecería a Gesuina. De niña, yo era puro hueso y tenía las piernas largas, igual que ella, y también me gustaban los helados –exclama Pascasie, riendo.

Gesuina, para nada desconcertada, deja de lado el cucurucho y me mira fijamente. Yo hago la foto, y luego digo bruscamente a Pascasie:

–Pensaba ir a tu casa, siempre que no esté John y que puedas recibirme.

¿Por qué me decido tan de repente por esa visita en la que hace un instante ni siquiera pensaba? Porque, de repente también, me doy cuenta de que quisiera poseer a Pascasie, y no tanto para vengarme de mi padre, como en el caso del intento de violación de Fausta, sino para olvidarlo todo, para no volver a pensar en Silvia, en mi padre, en Fausta y ni siquiera en la bomba. Curiosamente intuyo que lo que más me atrae de Pascasie no es el amor, sino los momentos que siguen al amor; su negro cuerpo abrazado al mío en la oscuridad, mi cuerpo que se hunde en el suyo al amparo de las tinieblas...

Pascasie en seguida descubre mis intenciones, y en sus ojos alegres aparece la frialdad escrutadora del cálculo. Probablemente piensa que, al retratarla junto a Gesuina, yo he vuelto a recordar el poema de Mallarmé, y en su respuesta hay una alusión oscura y casi cómica al texto, pensada para despistar a Gesuina:

–Estoy encantada de que vengas, Dodo, pero te advierto: nada de poemas.

–Siempre piensas mal de mí, Pascasie –contesto yo muy tierno y dolido casi.

Extrañamente, ya no percibo frialdad en sus ojos, sino un bondadoso afecto maternal.

–Ven –me dice ella–: ya has hablado bastante de tus poemas. Hoy seré yo quien te cuente un cuento.

–¿Qué cuento?

–Es un cuento de mi pueblo, de la selva. ¿Tu mujer nunca te cuenta cuentos?

De repente los ojos se me llenan de lágrimas. No puedo evitar que la alusión a Silvia me conmueva, y a la hora de contestar se me hace un nudo en la garganta:

–Mi mujer nunca más volverá a contarme cuentos.

–Razón de más para escucharme a mí.

Mi sentimentalismo me enfurece: sé muy bien que estoy comportándome como un chiquillo cualquiera que no puede soportar la idea de haber sido traicionado por la mujer que ama y se refugia llorando en los brazos de su mamá, porque entre otras cosas hay que reconocer que Pascasie, tan opulenta y maternal, en ese instante no es la mujer con quien se venga una traición, sino una madre que le envuelve a uno en su cálido abrazo protector.

–De acuerdo –contesto yo–; nos vamos a casa y me cuentas tu historia. –Arranco luego la hoja de revelado de la Polaroid, y se la entrego a Gesuina diciendo–: Tómala y guárdala como recuerdo de Pascasie.

La muchacha coge la foto, la mira, se la da a Pascasie y de repente me pregunta:

–¿Me haces una a mí sola?

–Sí, te la hago, pero quiero saber a quién vas a regalársela –contesto yo en son de broma.

–No se la daré a nadie.

Interviene entonces Pascasie, riendo:

–No te lo creas: se la regalará a su novio, que se llama Massimo. La foto es para él.

Yo me quedo callado; tengo la sensación de que la chiquilla, apurada por la revelación de Pascasie, agradece mi discreción. Me dispongo a hacer la foto, y esta vez ella decide no renunciar a su helado, de manera que, al arrancar la hoja y entregársela, le comento:

–Seguro que se te ve la lengua.

–Ya puedes irte a casa, Gesuina –dice Pascasie–; yo iré a dar una vuelta con el señor Dodo.

La muchacha no se lo hace repetir dos veces. Tras hacerme una pequeña reverencia, saluda a Pascasie y se aleja, blandiendo la foto en el aire. La miramos mientras cruza la valla casi corriendo. Yo me dirijo entonces a Pascasie y le pregunto:

–¿Vas a contarme tu historia?

–Te la contaré camino de casa.

Se me cuelga del brazo con mucha familiaridad, así que cruzamos la valla muy juntitos, y empezamos a caminar despacio por el paseo fluvial desierto. Aún entrevemos allá lejos a Gesuina, que avanza dando grandes zancadas con su foto en la mano; luego, de repente la chiquilla dobla una esquina y desaparece definitivamente. Pascasie se detiene entonces, me rodea la nuca con una mano y me besa. Noto su boca que se entreabre, húmeda y posesiva como la ventosa de un animal marino, y no puedo por menos de volver una vez más a los versos de Mallarmé, quien, recurriendo también al mundo marino, comparó el sexo de la mujer con una concha pálida y rosa. Nos besamos de prisa, y luego volvemos a caminar despacio y en silencio, como si el beso fuera un preámbulo de lo que va a suceder.

Ahí están el jardín y la puerta de su apartamento, que entreveo en la penumbra del oscuro zaguán. Pascasie me hace pasar y luego cierra con precaución, asegurando la cerradura con una cadena. Me abre paso entonces hacia el dormitorio, y yo la sigo; al llegar al lado de la ventana, me pregunta:

–¿Lo prefieres con luz o a oscuras?

–Mejor a oscuras.

La persiana cae de golpe sobre el alféizar y Pascasie cierra las cortinas. Estamos inmersos en una oscuridad absoluta, y los ruidos que percibo son mínimos e indescifrables. Sólo sé que me desnudo a un lado de la cama y que Pascasie está del lado opuesto... No, no, me equivoco; de repente siento su cuerpo desnudo, cálido y oscuro que se adhiere al mío. Me giro entonces, la echo boca arriba en la cama y me hundo entre sus piernas. Trato en seguida de llegar a la penetración, y extrañamente descubro que su orificio sexual es tan pequeño y estrecho como un ojal. Mi cuerpo reposa sobre ese colchón de carne palpitante, blando y cálido, y nos amamos en silencio, sin movernos casi, como si bastaran unos pocos gestos casi imperceptibles para que mi cuerpo fuera asentándose en el suyo. Por fin un breve suspiro, tan ligero que casi dudo haberlo oído, me hace comprender que Pascasie ha tenido el orgasmo, y tras unos instantes yo también me libero igual que ella, sin apenas darme cuenta, ajeno a cualquier indicio de voluptuosidad y movimiento. Luego nos quedamos allí abrazados, o, mejor dicho, yo permanezco hundido en el cuerpo de Pascasie con un profundo sentimiento de abandono y de reposo, como si la oscura noche que me rodea se hubiera encarnado en ese mismo cuerpo. De repente me duermo.

Al despertar, aunque en la más completa oscuridad, noto la presencia de Pascasie que yace tendida a mi lado, libre del abrazo que antes nos había unido. Estamos muy cerca el uno del otro, pero no nos rozamos. Yo pregunto en voz alta:

–¿Llevo mucho tiempo durmiendo?

–Más de tres horas –contesta ella–. Fui al cuarto de estar, y aprovechando que tú dormías, planché un vestido y miré un rato la televisión; luego, al ver que seguías durmiendo, volví a la cama para estar a tu lado en el momento en que abrieras los ojos.

–Hubieras podido despertarme.

–Dormías tan a gusto...

Hablamos envueltos en la oscuridad. Pascasie me pregunta:

–¿Te ha gustado mi cuento?

–Sí; ha sido hermoso.

–Quizá no te haya parecido demasiado original.

–No importa; un cuento así siempre resulta original.

–De niña sólo había un cuento que me gustara de verdad, y quería que mi abuela me lo contase por lo menos una vez al día. Las demás historias no me interesaban.

–¿De qué habla el cuento?

–Pues es la historia de un hombre que baja al reino de los muertos, se casa con una muerta, tiene un suegro y una suegra muertos, engendra hijos muertos, trabaja con otros muertos en una tienda para muertos, y gana dinero haciendo negocios con gente muerta. Sin embargo, llega el día en que siente nostalgia del reino de los vivos, así que deja a toda su familia y vuelve a este mundo.

–¿Por qué te gustaba tanto este cuento?

–No sé; quizá fuera porque imaginaba que así podría escoger entre dos mundos distintos: si el reino de los vivos no me convencía, siempre me hubiera quedado la posibilidad de refugiarme en el mundo de los muertos. Además, el hecho de saber que había otro universo dispuesto a acogerme en cualquier momento, hacía que me sintiera más conforme con el mundo en el que vivimos.

Vuelvo ahora lentamente a recordar quién soy y cuáles son las circunstancias que me rodean: Silvia, mi padre, Fausta, la bomba atómica... Creo que Pascasie tiene razón: haría falta un mundo de recambio, del todo parecido al nuestro y dispuesto a acogernos en el momento en que éste dejara de gustarnos. Al final digo suspirando:

–Yo también podría contarte un cuento, pero no es tan bonito como el tuyo.

–¿Sabes un cuento?

–Sí, por desgracia.

–¿Por qué «por desgracia»?

–Porque es un cuento malo.

–No hay cuentos malos –replica Pascasie–. Al contrario, las historias peores, las que dan más miedo, a veces son las más apasionantes, y uno jamás se cansa de escuchar.

–Mi historia es muy mala, de verdad; ojalá no me la hubieran contado nunca.

–¿De qué habla?

–Habla de un hombre que quiere a su mujer, igual como ella a él, pero el padre decide robarle a la esposa, y entonces el hombre llega a pensar que tendría que matar al padre.

–¿Ésa es tu historia?

–Sí.

Tras un largo silencio, Pascasie comenta:

–Si no me equivoco, ese hombre eres tú, y el padre es tu padre, y la esposa es tu esposa, ¿verdad?

–Evidentemente.

Pascasie permanece callada unos instantes más, y luego por fin exclama:

–No me gusta tu cuento, Dodo.

–¿Por qué?

La lamparilla que está junto a la cabecera de la cama se enciende. Veo a Pascasie que me mira de soslayo, por encima de la fornida curva de su hombro, con cierto aire de curiosidad y estupor a la vez:

–¿Conque tú quisieras matar a tu padre?

–Tuve la tentación de hacerlo esta mañana, cuando le vi durmiendo. Aún no sabía que me había robado a mi esposa, pero es probable que lo presintiera, porque de repente quise acabar con él. Entonces, y sólo entonces, comprendí por fin que me había robado a la mujer.

Pascasie sigue preguntando, curiosa:

–Todavía no sabías que te había robado a tu esposa, y sin embargo decidiste matarle. ¿Qué significa eso?

–Querida Pascasie, nosotros los europeos hemos descubierto algo que se llama subconsciente. Inconscientemente, es decir, sin darme cuenta, yo deseaba matar a mi padre –contesto yo, suspirando.

–Pero ¿por qué matarle si aún no sabías que te había robado a la mujer?

–Déjalo, Pascasie... Hay cosas que no pueden explicarse. Yo miraba su mejilla y esa pequeña verruga...

–¿Qué es una verruga?

–Algo parecido a un lunar. A lo que íbamos: mirando su mejilla, tuve la irresistible tentación de pegarle un puñetazo, o de propinarle una bofetada.

–Eso aún no significa matarle a uno.

–Él entonces se habría despertado y... ¿quién sabe? Me hubiese abalanzado sobre su cuerpo y hubiera podido estrangularle. Sin embargo, la carne de un padre no es la misma que la de cualquier otro hombre, Pascasie: es una carne que parece sagrada, y en cuanto pensamos golpearla sentimos algo raro, como si se tratara de una profanación.

–¿Qué entiendes tú por profanación?

–Pongamos por caso que alguien se mea sobre el altar de una iglesia; ésta es una profanación. Sin embargo, es posible que haya algo más en todo este asunto de mi padre; yo ya le había dado una bofetada cuando era niño.

–¿Por qué?

–También entonces actué inconscientemente, y no habría sabido explicar la razón de mi comportamiento. Ahora sé que fue por culpa de los celos.

–¿Tenías celos de tu padre?

–Sí; le había visto hacer el amor con mi madre, y de la mismísima forma en que lo hace ahora con mi mujer.

–¿Cómo?

–Por detrás.

–Eso no es bueno ni para la mente ni para el cuerpo, Dodo.

–No me has entendido, Pascasie. No te estoy hablando del amor como lo hacen los homosexuales, sino de la forma en que lo hacen los perros y los caballos.

–No hay nada malo en eso, Dodo. Es una de las muchas formas de hacerlo, tan buena como cualquier otra –contesta Pascasie; luego, tras callar unos instantes, sin por eso dejar de mirarme de reojo, por encima del hombro, con ojos fríos, inquisitivos y negros como el carbón, pregunta–: ¿Por qué demonios estabas celoso de tu madre? La madre siempre es la madre, y un hijo no puede tener celos de su madre.

–Tienes razón –contesto yo–, pero la verdad es que tenía celos y no había nada que hacer. Esta mañana, en cambio, cuando me di cuenta de que me había robado a la mujer, dejé de pensar en mi padre como un padre y empecé a considerarle como uno de tantos rivales en amores. Entonces mi animadversión por él se esfumó: éramos dos machos que habíamos luchado por conseguir la misma hembra; él había ganado y con eso bastaba. Pero un padre que es padre y se porta mal, es decir, de una forma indigna de un padre, ¡ése sí que merece que alguien tenga la tentación de matarle!

–¡Pues no, señor! –protesta Pascasie con sorprendente vigor–. En todo caso, dadas las circunstancias, podrías llegar a matar a un rival, pero no a tu padre.

–¿Por qué no? –pregunto yo, riendo cínicamente–. ¿Acaso tengo que agradecerle el favor de haberme dado la vida, o quizá tendría que respetar su venerable cabello cano...?

Pascasie replica muy convencida, contradiciéndome con un gesto de la cabeza:

–No, basta con que sea tu padre. En mi tierra hay un refrán que dice: «El hijo nunca posee la verdad, sólo el padre la posee.»

–¿Qué significa eso?

–Que el padre siempre tiene razón.

–¿Incluso cuando se equivoca?

–Sobre todo cuando se equivoca, pues cuando esto sucede, es como si acertara dos veces: la primera, porque es tu padre, y la segunda porque tú eres hijo suyo.

–Ésa es la moral de la selva –contesto yo volviendo a reír–; pero yo no vivo en la selva, Pascasie. Estamos en Roma, en Italia.

La mujer se queda unos instantes trapuesta como si los recuerdos la hubieran devuelto a su poblado africano, con las chozas resguardadas por los grandes árboles y agrupadas en torno al claro del poblado. Luego habla lentamente:

–Yo no conozco Italia; sólo sé que en mi tierra los hijos tienen el deber de respetar a los padres, cualquiera que sea su comportamiento, y eso porque los padres saben más que los hijos, y su forma de actuar tiene una explicación.

De repente recuerdo las discusiones que tuve con mi padre en torno a la bomba atómica. Quisiera explicarle a Pascasie que las divergencias entre mi padre y yo no se han originado sólo a raíz de su relación con Silvia, sino que proceden de una distinta visión del mundo. Sé que es difícil que ella me comprenda, pero lo intento:

–Pongamos por caso que un padre sea musulmán y el hijo cristiano: ¿no crees tú que el hijo podría odiar al padre por el hecho de profesar una religión distinta de la suya?

–En mi país hay de todo –contesta ella riendo–; tenemos a gente católica, musulmana, protestante y no sé qué más. Sin embargo, cuando las cosas se ponen feas, todas estas religiones resultan demasiado complicadas, y entonces nos vamos a ver al hechicero. Él hace una pequeña ceremonia, y en seguida el asunto se arregla. Somos un pueblo que tolera todas las religiones, pero un hijo debe respetar al padre si quiere que luego su hijo le respete a él. Así es la vida.

–Es posible que en tu tierra los padres sean más sabios que los hijos –contesto yo, montando en cólera–, pero estoy seguro de que aquí, hoy en día, los hijos saben más que los padres. Hablando del tema de la vida y de la muerte, por ejemplo, te puedo garantizar que yo sé mucho más que mi padre.

–¿De la vida y de la muerte? ¿De qué vida y de qué muerte hablas? –pregunta Pascasie incrédula.

–Esta vida y esta muerte tuya, mía, de la gente que vive aquí, en Italia, y en tu pueblo del Zaire. ¿Sabes qué es la bomba atómica, Pascasie?

Ella contesta seriamente, mirándome de soslayo:

–Lo sé muy bien; John habla a menudo de eso. Hemos

decidido que si llegan a declarar la guerra, vamos a morir juntos: nos suicidaremos.

Estas últimas palabras me sorprenden, pues me doy cuenta de que entonces no soy el único que pretende ver la bomba atómica asomando tras la cúpula de San Pedro; también Pascasie ha tomado consciencia del hecho, hasta el punto de preocuparse por programar su suicidio. Por fin comento:

–En pocas palabras, la diferencia entre mi padre y yo es muy clara: él conoce el tema de la bomba mucho mejor que yo, pero no se opone para nada a su utilización. Yo, al contrario, sé mucho menos que él... mejor dicho, no sé nada, pero estoy en contra de cualquiera que pretenda ponerla en funcionamiento. Eso es más que suficiente para odiarle; si además tenemos en cuenta que me ha robado a la mujer, puedes muy bien comprender que yo haya tenido la tentación de acabar con él.

Tras callar un rato, Pascasie contesta intentando resumir la situación:

–Sí, te comprendo, pero la verdad es que no le has matado y eso es lo que cuenta: en el fondo eres un buen hijo y lo has perdonado.

–No, en todo caso un buen cristiano –protesto yo amargamente–. Quizá sería mejor decir que no soy más que un buen intelectual, que piensa mucho pero no actúa.

–Dodo, Dodo... ¿no sería más justo que llamaras a las cosas por su nombre, reconociendo que perdonas a tu padre y a tu mujer porque te has vengado conmigo de su traición? –replica Pascasie riendo–. Digamos que has encontrado la manera de satisfacer tu orgullo. Querido Dodo, leo en tu alma como en un espejo... –Tras un breve silencio añade–: Ahora vístete, por favor. Dentro de nada van a venir dos amigas mías que quieren ver la televisión conmigo. –Calla un instante, y luego concluye con repentina frialdad–: No creo que volvamos a encontrarnos en mucho tiempo. Mañana llega John, y se quedará en Roma hasta septiembre.

XI

EL PISO

He imaginado a Silvia introduciéndose a escondidas en casa de mi padre a altas horas de la noche; he imaginado a Silvia comunicándole a mi padre su firme decisión de no volver a verle nunca más; he imaginado a Silvia dejándose convencer de nuevo, haciendo el amor, no obstante su voluntad de renunciar; he ido imaginando esas y muchas cosas más, pero una semana después de haber descubierto su relación con mi padre, cuando Silvia asoma por la callejuela y se acerca a mí bajo la lluvia, envuelta en aquel mismo impermeable negro del que me hablaba Fausta, todas estas cavilaciones tan realistas se esfuman como la niebla nocturna bajo el primer rayo de sol (reconozco que la comparación no es nada original, pero no sabría expresar mejor lo que siento con «sólo» ver a Silvia) y vuelvo a dudar, procurando ser optimista: me pregunto si de verdad yo puedo afirmar que la mujer que Fausta oyó y vio alejarse calle abajo desde la ventana era ella, y si de verdad puedo asegurar que aquella noche mi padre y Silvia se acostaron. También es lícito suponer que ella fuera a verle para confirmarle que su «chifladura» se había acabado, y que él aceptara esta resolución, decidiendo incluso hacer el amor por última vez antes de separarse definitivamente.

Estas dudas no son del todo gratuitas o, mejor dicho, desinteresadas, pues si estoy aquí, ante la puerta de entrada de nuestro inmueble, es porque Silvia y yo hemos decidido ver el piso que mi madre me dejó en herencia y al que yo renuncié a raíz de mi infatuación contestataria del sesenta y ocho. Si pedí que me devolvieran el piso, fue para satisfacer el afán visceral de Silvia por tener una casa «sólo para ella», pero sé muy bien que para mí y quizá también para mi padre y para ella, este gesto simboliza la derrota, pues es la renuncia a la ideología de mi juventud. Estando así las cosas, si mi mujer efectivamente fue y sigue siendo la amante de mi padre, esta renuncia y esta derrota adquieren un significado particularmente humillante. Si en cambio resulta que mis sospechas son infundadas, entonces el significado va a ser totalmente distinto...

Ahí viene. Su pecho exuberante aparece más abultado que de costumbre bajo la tela negra y brillante del impermeable, acaso por llevar el cinturón demasiado apretado. Tras besar sus mejillas frías y húmedas de lluvia, le digo:

–Te he estado mirando mientras te acercabas.

–¿Qué has visto?

–Que tienes un pecho estupendo.

–No me digas... Yo sigo pensando que tengo pecho de nodriza. Pues francamente...

–¿Qué?

–Para ser sincera, me causa cierta impresión volver a tu casa.

Estoy a punto de decirle que se deje de historias, pues hace sólo una semana que vino por aquí, y Dios sabe si no ha vuelto en los últimos siete días; sin embargo, recapacito y me limito a preguntar con mucha dulzura:

–¿Por qué no hablas de «nuestra» casa?

–Porque todavía no sé muy bien qué voy a hacer –contesta ella precediéndome en el zaguán–. De todas formas, tengo que ver el piso.

El portero, un pobre hombre amarillento y esmirriado que nada en su uniforme verde oscuro, está en la vieja garita de madera, leyendo el periódico abierto encima de una pequeña mesa al lado de la gorra, cuya visera destaca por ser demasiado nueva. Le llamo dando unos golpes en el cristal;

él levanta la vista y nos mira, y yo no puedo por menos de preguntarme si este hombre sabe que Silvia viene de vez en cuando a ver a mi padre a escondidas. Veo en sus ojos una indiferencia absoluta a la hora de pedirnos por señas el motivo de nuestra presencia. Me asomo entonces a la garita y digo:

–Me parece que usted tiene las llaves del piso de la tercera planta.

En seguida comprende; abre el cajón y me entrega un juego de llaves, diciendo con cierto aire suspicaz y confiado al mismo tiempo:

–Usted conoce la casa, profesor; ya pueden subir. Si lo prefieren, puedo acompañarles y ocuparme de abrir las ventanas.

–Déjelo, ya me preocuparé yo de abrirlas y de volverlas a cerrar.

Subimos algunos escalones y entramos en el ascensor. Cierro las puertas, aprieto el botón del tercer piso y me apoyo en la pared frente a Silvia. El viejo y destartalado ascensor empieza a subir lentamente, entre brincos y tintineos. De repente ella suelta un suspiro; le pregunto:

–¿Qué te pasa?

–Nada. Me siento algo turbada.

Ante esa turbación que parece sincera, vuelvo a tener esas dudas que yo llamo optimistas; la verdad, no sé si se siente turbada porque el edificio le recuerda sus visitas nocturnas a mi padre o porque es la primera vez que vuelve aquí después de haber decidido marcharse. Sigo preguntando:

–¿Por qué te sientes turbada?

Ella me contesta recurriendo a un lugar común, que resulta de lo más ambiguo:

–Así es la vida...

El ascensor se detiene; yo abro las puertas y salimos los dos. Luego me giro hacia ella y le digo:

–Ayer por teléfono me aseguraste que la relación con aquel hombre había terminado definitivamente. Estando así las cosas, no comprendo tu turbación, a menos que me hayas engañado y continúes con tus devaneos.

Ella agacha la cabeza, y acto seguido replica casi en tono de melancólico pesar:

–No, se acabó. Se acabó todo.

Yo insisto:

–Yo te propuse ver el piso, teniendo en cuenta tu información o, mejor dicho, confirmación, de que la dichosa «chifladura» se había acabado, pero si eso no es cierto, entonces...

Sigo teniendo las llaves en la mano sin decidirme a abrir, como si la visita del piso dependiera de su respuesta. Aún conservando un curioso acento de triste añoranza, ella se apresura a confirmar:

–Es cierto todo lo que te dije, pero no deja de ser triste que algo, fuere lo que fuere, acabe, ¿verdad?

Abro la puerta en silencio, sin decir palabra. En cuanto entramos, en seguida me doy cuenta de que no hay nada peor que un día de lluvia para ver por primera vez un piso. El recibidor mismo, que vemos gracias a la poca luz que nos llega a través de la puerta entreabierta del salón, tiene un aspecto un tanto espectral, y resulta algo pequeño con respecto al techo demasiado alto, pues aunque en un principio fuera más grande, el notario decidió poner una pared divisoria a un lado de la habitación, y nadie ha pensado todavía en quitarla. De las paredes cuelgan jirones de papel y en el suelo polvoriento aparecen por doquier esas briznas de paja que sirven para envolver los objetos antes de guardarlos en cajas. Yo casi intento disculparme:

–Por desgracia, no hemos escogido el día mejor, pero puedo asegurarte que normalmente este piso es muy luminoso.

Pasamos al salón: una de las dos grandes ventanas tiene las persianas abiertas, y comprendo entonces de dónde venía la luz que nos permitió ver el recibidor. El suelo de madera está cubierto por un velo de polvo grasiento, plagado de manchas y de residuos. En las paredes han quedado unos recuadros más claros que indican el lugar donde iban colocados los lienzos que decoraban el despacho notarial. Yo le digo a Silvia:

–Quizá te impresione el aire de abandono típico de las mudanzas, pero no tienes que fijarte en eso; debes procurar imaginarte el piso tal como quedará después de que lo hayamos arreglado.

–Veo muy bien cómo quedaría –contesta ella prontamente.

–¿Cómo?

–Podría llegar a convertirse en uno de esos pisos de la vieja Roma aristocrática; un piso grande y hermoso.

¡Entonces, le gusta! Más vale insistir:

–Tienes razón; este salón, una vez restaurado, resultará muy acogedor. Podríamos poner una chimenea grande, de piedra o de mármol.

–A ver qué tal la vista.

Se acerca a la ventana, la abre y se asoma a la calle con los codos apoyados en el alféizar. Yo estoy detrás de ella y observo que en esta posición la línea de la cintura se encorva y el trasero se levanta y sobresale. Inmediatamente pienso en mi padre y en la violenta tentación que le arrastraría si él estuviera en mi lugar. Creo que no dudaría en levantar el negro telón del impermeable para dejar paso al espectáculo de las blancas nalgas, y Silvia, haciendo gala de una hipocresía muy propia de la relación erótica en ciertos momentos del todo imprevistos, le dejaría hacer sin moverse, fingiendo estar entretenida con el vaivén de la callejuela de abajo. Es posible que al imaginar la escena y al asomarme yo también para mirar, la roce sin querer o que ella acaso adivine mis pensamientos, ya que de repente se da la vuelta y me dice en tono muy brusco:

–No lo hagas, por favor.

–Si él estuviera aquí, le dejarías hacer –protesto yo con rabia.

–Contigo es diferente –contesta ella sin moverse.

–No sé qué diferencia encuentras entre un hombre y

otro, si no les miras a la cara. ¿Acaso cambiaría algo si en vez de estar yo aquí detrás estuviera, por ejemplo, el portero?

Esta vez se da la vuelta, y puedo entonces comprobar algo sorprendido que mi insistencia no la ha molestado para nada, porque comenta muy serenamente:

–A veces eso de no saber si eres tú o el portero puede resultar agradable. –Es posible que intuya que sus palabras podrían ofenderme, porque añade–: Quería decir que tú tienes razón, que los hombres son distintos sólo si los miras a la cara, pero allí todos resultan ser iguales y no hay ninguna diferencia entre viejos y jóvenes, guapos y feos. Es una sensación un tanto rara.

–¿Qué sientes?

–Es difícil explicarlo... Parece como si no estuvieras acostándote con un hombre que tiene su propio rostro, su propia historia y su vida amorosa personal, sino sólo y únicamente con una polla o, mejor dicho, *la* polla, siempre la misma, sin cara, sin historia y... –concluye ahora tras una pausa de cruel complacencia– sin amor.

Ya la he oído otras veces pronunciar la palabra «polla», y siempre con acento glotón, con un esmero un tanto codicioso que se detiene en la «p» y en la «ll». Quiero que vuelva a repetirla para verificar esta impresión, y de repente le pido:

–Por favor, dilo otra vez: polla.

Ella no parece demasiado sorprendida, y accede a mi petición como si de alguna manera hubiese captado mis más ocultos pensamientos:

–¿Polla? ¿Por qué quieres que diga polla?

Sí, así es: se regodea pronunciando esta palabra porque goza imaginándose aquello que la palabra misma designa; le contesto:

–Porque lo dices muy bien.

Me inclino y le doy un beso en la mejilla. Ella se aparta lentamente y murmura:

–Yo quiero seguir siendo para ti una Virgen, tu Virgen.

–¿Por qué?

–No sé... A lo mejor es porque para nosotros fue así desde el principio, y no me gustaría que tú, de repente, sólo por habértelo dicho yo, empezaras a imitar a aquella otra persona. –Vuelve inevitablemente a mi memoria la reacción de Fausta ante esa misma imitación que Silvia acaba de mencionar. Al final ella concluye–: Ahora sigamos mirando el piso. Sabes...

–¿Qué?

–Mientras iba observando la callejuela abajo, se me ocurrió pensar que todo hubiera sido muy distinto si tu padre nos hubiera ofrecido este piso como regalo de bodas.

–En aquel entonces no lo hubiera aceptado.

–¿Por qué?

–Lo sabes muy bien... Porque mi compromiso con la contestación del sesenta y ocho me obligaba a renunciar a cualquier tipo de propiedad.

No sé por qué le gusta tanto hacerse repetir ciertas cosas; a lo mejor quiere estar segura de que, pase lo que pase, yo seguiré enamorado de ella. Efectivamente, va y pregunta:

–¿Por qué entonces lo aceptas ahora?

–Por tu amor. Tú te empeñaste en tener una casa sólo tuya, así que, para complacerte, envié a tomar por el culo la coherencia, el sesenta y ocho, la contestación, la dignidad y toda mi vida –contesto yo enfurecido, puntualizando la situación.

El tono brusco de mis palabras y su vulgaridad no la molestan; parece satisfecha. Pasamos al otro salón; el techo sigue siendo muy alto, pero la habitación es cuadrada, con una sola ventana y con el suelo cubierto por una moqueta roja, sucia y gastada. Silvia se detiene mirando las cuatro paredes, y luego exclama en un tono de voz que casi parece un lamento:

–¡Ah, Dodo, cuántas cosas has echado a perder obligándome a vivir en la casa de tu padre! Intenté por todos los medios hacerte comprender que no quería estar allí, pero tú parecías ciego y sordo, y así fue como acabé liándome con el otro.

De repente, empiezo a sospechar:

–¿Cuándo empezó ese lío con el otro?

Ella parece ahora muy dispuesta a dar todo tipo de detalles:

–Sucedió la mañana misma que nos casamos. Haz memoria... Tú habías querido darme una sorpresa, enseñándome las dos habitaciones amuebladas a escondidas, sin decirme nada. Media hora antes del banquete, en casa de tu padre, me dijiste: «Ven conmigo; quiero mostrarte cómo he decorado nuestro apartamento.» Yo te seguí; tú fuiste abriendo paso a lo largo del pasillo, y luego abriste de par en par una puerta exclamando: «Éste será nuestro dormitorio.» Hacía tiempo que yo sabía que viviríamos en sólo dos habitaciones, pero aún no las había visto, así que cuando me las enseñaste, arregladas hasta el mínimo detalle, se me partió el corazón, y hubiera querido echarme a llorar. Había soñado con una casa sólo mía, y tú me ofrecías dos habitaciones en el último rincón del piso de tu padre. Sin embargo, logré aguantarme, y te dije que era un cuarto muy bonito; incluso me empeñé en ver tu estudio, el cuarto de baño y también el trastero, para las escobas. Luego me comentaste que querías ir a comprar unas botellas de champán para el banquete, y te fuiste corriendo. Al cabo de un minuto yo salí de casa con el vestido de novia puesto, la alianza nueva en el dedo y el ramo de muguetes en la mano; cogí el coche y fui a verle. En seguida hicimos el amor, y en la misma postura en que querías hacerlo tú hace un instante: yo asomada a la ventana y él detrás. Mientras lo hacíamos, dejé caer el ramo de muguetes abajo, en la calle, y lo vi estrellarse en el techo de un coche aparcado.

Estoy sufriendo y no quiero que ella lo note, aunque apostaría a que Silvia sabe muy bien que me está haciendo mucho daño. Por fin le digo:

–Hace un momento yo te rocé involuntariamente, y no tenía ninguna intención de hacer el amor contigo. Resumiendo lo que acabas de decir, tienes que reconocer algo que hasta ahora siempre has negado, es decir, que en el fondo el motivo de tu fuga ha sido la cuestión de la casa.

–Es posible, pero yo de verdad estaba muy chiflada por él, y probablemente la casa sólo fue un pretexto –replica ella con cínica serenidad. Tras callar un instante, añade–: Estuvimos juntos muy poco tiempo; luego le dejé y volví a casa a tiempo, cuando todavía no estabas. Fue entonces, mientras te esperaba, cuando me di cuenta de que ya no te odiaba.

–¿Habías llegado a odiarme mucho?

–Sí, pero sólo por un momento, cuando me enseñaste nuestras dos habitaciones amuebladas.

–Y luego, ¿por qué seguisteis viéndoos?

Aparta la mirada y me dice suspirando:

–Te juro que yo no quería, pero en cuanto le veía no había forma de aguantarme o, mejor dicho, de aguantarnos los dos, porque ya te dije que él también se empeñaba en resistir. Cada vez nos jurábamos el uno al otro que sería la última vez, pero luego volvíamos a las andadas.

Así resulta que es cierto: mi padre no quería, como tampoco quería Silvia. Este nuevo dato me hace un extraño efecto; es como si de repente descubriera un aspecto imprevisto del carácter de mi padre: el del adolescente ingenuo que todavía no conoce el alcance de su crueldad.

–Vamos a ver –replico yo–; a mí me parece muy lógico que tú no quisieras continuar, pero ¿qué razones tenía él para renunciar a ti?

–Él me aprecia, sabe que te quiero y se da cuenta de que nuestra relación no tiene porvenir.

–Pues os pasaréis la vida jurando que es la última vez, y volviendo a repetir la jugada –comento yo con amargura.

–No, estoy segura de que se acabó –contesta ella en tono muy vivaz–; ayer noche nos vimos y decidimos separarnos para siempre.

Sé que no miente: es la tercera vez (la primera fue por teléfono hace dos días, la segunda ha sido esta misma tarde) que me repite que ya no está «chiflada». Sin embargo, aún tengo mis dudas, y de repente le pregunto:

–¿Hicisteis el amor la última vez?

Me contesta con palabras sinceras y sorprendentes:

–Lo hicimos, y al mismo tiempo no lo hicimos.

–¿Qué narices significa eso?

–Que lo hicimos a medias.

–¿Es decir?

–¿Es que tengo que contártelo siempre todo? –exclama ella–. Te digo que lo hicimos a medias porque él quería que yo le diera un beso justo allí, por última vez, y yo quise complacerle, pero sólo por un momento. Mirándolo bien, no lo hice tanto por él como por su sexo.

–¿Por su polla?

–Por su polla, si lo prefieres; por ese miembro que en él vive como algo autónomo, independiente y muy hermoso. En pocas palabras, quise despedirme de ella.

–¿De la polla?

–Sí, de la polla.

Ahora comprendo el aire triste, desconcertado y apocado de mi padre el día después de que ella le viera por última vez. El fisioterapeuta había entrado triunfante, blandiendo las muletas y augurándole una vida nueva, pero él no parecía compartir su entusiasmo; sin duda estaría pensando en la próxima e inevitable separación.

–Bien, si te parece podemos seguir viendo el piso –digo yo bruscamente–. Esta habitación que tiene el cuarto de baño adyacente, podría convertirse en nuestro dormitorio.

Ella apoya una mano en mi brazo, me detiene y exclama:

–No, es mejor que no continuemos esta visita inútil.

–¿Por qué te parece inútil?

–Porque este piso sigue sin ser tuyo, aunque tu padre te lo haya devuelto.

Me resulta algo molesto que Silvia pueda recurrir a una asociación de ideas tan obvia: aceptación del piso igual a continuación de sus relaciones con mi padre; rechazo del piso igual a fin de la relación. Francamente, me parece un razonamiento vulgar e indigno de una mujer como ella.

–Este piso no es de mi padre, sino mío –contesto fríamente.

–Sí, es tuyo, pero al mismo tiempo no lo es.

–¿Qué quieres decir con eso?

–Quiero decir que tú y yo somos demasiado pobres para vivir aquí sin la ayuda de tu padre, y él ya ha cumplido devolviéndote el piso.

–Te preocupas más por mi padre que por mí –replico yo montando en cólera de repente.

Silvia me mira ahora con ese aire muy suyo de Virgen primitiva, melancólico y piadoso:

–No, Dodo; yo me preocupo más por ti que por tu padre, pero él es un hombre rico y, viviendo en un piso como éste, tarde o temprano nos veríamos obligados a pedirle ayuda, y volvería a empezar la misma historia de siempre.

–¿Qué historia? –pregunto yo con violencia, esperando casi que ella se refiera a la historia de sus relaciones. Sin embargo, Silvia se limita a decir un tanto ambiguamente:

–Volveríamos a depender de él. Tu padre no quiere vivir solo, y a cambio del piso nos exigiría, por ejemplo, que fuéramos a comer a su casa, y a lo mejor...

–¿A lo mejor... qué?

–No sé. Me resulta difícil creer que un hombre viejo y solo como tu padre pueda dar algo sin pedir nada a cambio.

–Vamos a ver: el piso es grande, de acuerdo, pero como no vamos a pasarnos la vida organizando fiestas y recibiendo a gente, tampoco tenemos por qué acondicionar todas las habitaciones. Estoy seguro de que se puede llevar una vida modesta incluso viviendo en un piso para ricos.

Silvia me mira como si ella, desde lo alto de su sabiduría, estuviera compadeciéndose de mi ignorancia:

–No, Dodo, no se puede, entre otras cosas porque entre tu padre y tú existe cierta rivalidad, al menos por su parte, y él no nos permitiría nunca ser pobres, aunque sólo fuera para demostrarte que él es el más fuerte justamente por ser más rico.

–Tú te imaginas a mi padre mucho más generoso de lo que es en realidad –exclamo yo.

–Tratándose de una cuestión de orgullo, incluso el avaro se vuelve generoso. Además hay otra razón por la cual no nos conviene aceptar el piso.

–¿Qué razón?

–Se trata de una cuestión que más te concierne a ti que a mí: tú siempre dijiste que no querías parecerte para nada a tu padre, incluso insistías en ser completamente distinto, y él lo sabe muy bien. Al ver que aceptas este piso, pensará haberte derrotado, pues dejas por fin de contestarle y te conviertes en un respetable burgués, como él.

–¿Y a ti qué coño te importa mi contestación?

–Por mí, puedes ponértela donde te quepa, la contestación, pero hace un momento tú mismo decías que por mi amor enviaste a tomar por el culo toda tu vida –me replica ella, imitando el tono brutal de mi conversación.

No deja de sorprenderme la forma en que Silvia utiliza el lenguaje vulgar; es como si pusiera entre comillas toda palabra ordinaria, y lograra así mantenerse curiosamente ajena a las expresiones más soeces.

–Discúlpame –digo yo, arrepentido–. Para ser sincero, sencillamente quería decirte que en el fondo, cuando tuve que escoger entre la contestación y el amor por ti, ganó el amor.

Ella sigue hablando, sin tener en ninguna consideración mi arrepentimiento:

–De todas formas, si te empeñas en vivir aquí, se hará lo que tú digas, pero que conste que yo ya he expuesto mis inconvenientes.

–¿Qué te parece que hagamos entonces?

–De momento, podemos volver a vivir de forma provisional en las dos habitaciones del piso de tu padre –contesta ella, dejándome absolutamente desconcertado.

–¿Qué? –exclamo yo–. ¡Pero si acabas de decir que no nos conviene depender de él!

–No nos conviene depender de él como unos falsos ricos que viven en un piso como éste –replica Silvia con gran argucia–, pero su hospitalidad no nos pesará si seguimos considerándonos unos verdaderos pobres sin casa, siempre y cuando se trate de un arreglo provisional.

–¿En qué queda entonces la cuestión de la casa sólo para ti que te hizo tomar la decisión de irte y de dejarme?

–Sé que puedo parecerte contradictoria, pero yo me fui porque salía con otro hombre. Ahora todo es distinto: aquel hombre ya no existe, y no tengo ningún motivo para seguir viviendo en casa de mi tía.

Silvia me está proponiendo instalarnos de nuevo en casa de mi padre, donde las ocasiones de volver a las andadas serán inevitables y frecuentes. No sé qué se esconde detrás de esta propuesta; es posible que ella quiera continuar la relación, o quizá se haya empeñado en poner a prueba la voluntad de los dos, lo cual podría resultar extraño pero no del todo ilógico, o a lo mejor... Silvia sin duda se da cuenta de que estoy cavilando, y comenta:

–No es necesario que decidas ahora mismo. Yo me fui para reflexionar, y es lógico que tú también lo hagas. Piénsalo... No hay prisa; y ahora, dame un beso.

Nos besamos fugazmente, de pie en medio de esa habitación que nunca será nuestro dormitorio. En cuanto nos separamos, Silvia me dice:

–Ha llegado el momento de ir a ver a tu padre para darle las gracias y comunicarle que no pensamos vivir en este piso.

–De acuerdo, vamos.

Me coge de la mano y yo voy tras ella.

ÍNDICE